Rizzoli la scala

Dacia Maraini

La seduzione dell'altrove

Rizzoli

ISBN 978-88-17-04367-0

Prima edizione: ottobre 2010

La foto dell'autrice nel secondo risguardo è di Roberto Faldutti.

La seduzione dell'altrove

Ne ha viste troppe per spaventarsi o perdere coraggio.
È stato lungo il cammino, arduo il viaggio.
Ora procede, un passo dopo l'altro. Quasi allegro.

Fabio Pusterla
da *Corpo stellare*

La seduzione dell'altrove

Credo di avere avuto una prima idea dell'esotismo quando da bambina ho visto, in Giappone, l'acquerello di un allievo di mio padre che rappresentava gli scalini digradanti di un anfiteatro romano in una città fantasiosa, cosparsa di statue in pietra coperte da viluppi di edera e fiori selvatici. E io, che non avevo ricordi dell'Italia, essendo partita per Tokyo a poco più di un anno, sono stata subito spinta a fare mia quella visione di una città che pure mi era stata descritta tante volte dai miei genitori, ma con occhi diversi: una metropoli caotica, affollata, dominata dai preti e da una antica nobiltà terriera bigotta e senza scrupoli. Una città dai magnifici ricordi, che ospitava il Parlamento italiano di cui aveva fatto scempio il fascismo. Questo era il pensiero dei miei. Ma io me la trovavo davanti molto più accattivante, la bella capitale lontana e sconosciuta, come un imperscrutabile luogo del desiderio, a metà fra un museo e un misterioso e bellissimo cimitero. Un luogo segnato dalle memorie di un impero maestoso che aveva dominato il mondo, che aveva prodotto filosofi e poeti e grandi architetti, che aveva inventato strategie di guerra e codici legali ancora in atto. Un luogo in cui il tempo era sospeso, e le memorie di fatti crudeli giacevano morte e rese inoffensive dal vento della storia, inghiottite da una specie di giungla vegetale fatta di riccioli contorti e spinosi. Per i giapponesi quello era l'esotico: un'Italia astratta e mai esistita in cui contavano solo le rovine di una civiltà scomparsa. Esotico è quel "sentimento che tende a esaltare forme e usanze di paesi lontani", come dice il vocabolario, una "predilezione per tutto ciò che è straniero".

Tornando in Italia nel dopoguerra ho scoperto che le mie realtà giapponesi più scontate e quotidiane rappresentavano per gli italiani qualcosa di affascinante, di sconosciuto ed esotico: il teatro Nō, la festa dei ciliegi, i giardini di sabbia e pietra, i grandi Budda di legno, le pagode e i templi verniciati di rosso e di nero che per me erano pane di tutti i giorni, diventavano improvvisamente stranezze su cui fantasticare.

Ho avuto la fortuna di provare cosa fosse il sentimento dell'esotico, imparando a considerare le leggi della deformazione dovuta alla lontananza: quel desiderio sognato che amplifica e abbellisce ciò che ci incuriosisce e ci attrae di una civiltà distante e sfuggente. Capivo che era l' innamoramento del diverso. Ma in che rapporto stava questo amore con l'opposto sentimento di sospetto e di odio per il dissimile? Non c' erano forse dei legami sotterranei che rendevano l'uno la faccia scura e l'altro la faccia chiara dello stesso sentire?

Ricordo la prima volta che sono capitata davanti a un quadro di Gauguin. Quei cavalli azzurri, quelle palme rosa, quelle madonne dai piedi nudi e il seno fasciato da una veste di cotone dai colori sgargianti, mi sorprendevano e mi ammaliavano. Era l'esotismo europeo del XIX secolo. Un miraggio succoso e colorato che evocava isole lontane immaginate felici. Le stesse isole che si trovano nei libri di Conrad, nei romanzi di Stevenson che divoravo con fame insaziabile.

Certo l'esotismo è provocato da una seduzione subdola e prolungata. Qualcosa che evoca, attraverso un sogno insistito, un luogo che si immagina straordinario e felice.

Un luogo che si carezza nella fantasia, con i sensi abbagliati, e un sottile godimento che tocca le viscere.

Solo leggendo Flaubert e studiando le sue lettere ho capito quanto la seduzione dell'altrove possa essere ingannevole e perversa. Flaubert detestava l' esotismo, lo considerava un moto dell'anima da disprezzare, un'emozione incolta, primitiva e infantile. Di cui però poi si ingozzava pure lui. Per pentirsene in un secondo tempo e attribuire i suoi "bassi gusti" alla eroina Madame Bovary.

Flaubert disprezzava le fantasticherie esotiche di Emma, ma nel fondo del suo cuore ne era attratto, anche se si tratteneva dal realizzarle. Questo non lo fermerà, sui trent' anni, dall'intraprendere un lungo viaggio verso Oriente che lo terrà lontano dalla Francia per due anni. E non gli impedirà di andare a cercare una famosa prostituta "nera e bellissima, dalla sensualità conturbante", di cui avevano parlato e scritto famosi esploratori dell'Africa del Nord. Si metterà alla sua ricerca, la incontrerà, ci passerà una notte e ne uscirà con la sifilide. Malattia che lo porterà poi alla morte. E subito comincia a ingrassare e a perdere i capelli. Tanto che quando rientra in Francia, la madre che va a incontrarlo al porto, non lo riconosce.

Per quanto io abbia amato e frequentato gli scrittori romantici, non riesco a vedere l'esotismo come una tentazione inesorabile e perversa dello spirito. Forse l'avere scoperto da bambina che l'esotismo è relativo e quindi legato alla variabilità dei punti di vista, mi ha salvato dall'innamoramento cieco nei riguardi di Paesi lontani e sconosciuti. Il mio viaggiare ha preso altri significati, quelli della conoscenza e dell'esperienza dell'altro, senza addolcimenti e vaghezze.

Rimane il fatto che tante pagine della grande letteratura sono nate dalla passione per orizzonti appena intravisti e caricati di un significato quasi religioso. Ho amato e continuo ad amare Baudelaire per i suoi ritmi che conoscono il respiro delle grandi maree. "J'ai longtemps habité sous des vastes portiques", è un magnifico inizio che introduce in una atmosfera di perdizione e struggente lontananza. "La stupidità è spesso ornamento della bellezza; è la stupidità che dà agli occhi la limpidezza opaca degli stagni nerastri, la calma oleosa dei mari tropicali" scrive Baudelaire nei *Diari intimi*. E si capisce che questa esaltazione della bellezza come stupidità, si accompagna alla sua esperienza dell'altro, anzi dell'altra, la donna seducente e straniera, la donna sconosciuta e incomprensibile che gli infonde una voglia di possesso sconsiderata e vorace.

Spesso il buio che ci sta di fronte si trasforma in desiderio rabbioso di dominio. È difficile mantenere rispetto e considerazione nei riguardi di ciò che non conosciamo. O lo circondiamo di colori avvincenti e lo contempliamo con occhi malinconici, o siamo travolti dalla voglia di denudare il meccanismo, aprirlo e scardinarlo per capirlo. Come fanno i bambini con un giocattolo troppo bello: lo spaccano per carpirne il segreto.

La questione dell'altro e dell'altrove però è complicata e ha ramificazioni infinite. Chi è l'altro? e l'altro è tale solo rispetto a me come persona singola, o si oppone alla cultura del popolo a cui appartengo, della comunità con cui divido le sorti? E come riconosco l'altro da me quando le identità tendono a sfumare, a mescolarsi, a intrecciarsi malignamente? O benignamente, secondo i punti di vista?

C'è chi pensa che questa mescolanza sia positiva e produca differenza e ricchezza; c'è chi invece la teme come il fumo negli occhi. Si tratta di una paura che deriva dalla debolezza o la sua forza sta nello sfuggire saggiamente l'omologazione indifferenziata che porterà alla estinzione culturale? Difficile la risposta. Ci sono Paesi che hanno saputo, come gli Stati Uniti, unire e amalgamare culture diversissime e creare un sentimento di identità robusto e riconoscibile. Ci sono Paesi invece che sono divenuti estranei a se stessi e sono "impazziti" come fa la maionese quando l'uovo e l'olio non sono stati sbattuti con lo stesso ritmo. Hanno rifiutato l'altro a costo di morire asfissiati e hanno calcificato una cultura che è diventata morta e dura come la pietra.

La paura dell'altro si accompagna alla paura dell'altrove? Spesso sì. Ma per l'altrove, si direbbe prevalga il sentimento di attesa associato a una profonda e quasi voluta ignoranza sia geografica che storica. L'esotismo ha bisogno di nebbie che schermino il paesaggio non rivelandolo nella sua interezza. Ha bisogno di legare i luoghi del desiderio con una serie di informazioni spesso letterarie che sono più vicine al mito che alla concretezza della storia. La seduzione dell'altrove sembra nascere da una curiosità già in parte appagata da visioni che stimolano e solleticano il nostro pensiero desiderante.

Ma quindi aveva ragione Flaubert col suo disprezzo profondo verso l'esotismo che considerava una emozione volgare, una falsificazione della conoscenza? Per Flaubert questa è la maledizione sghemba e infida dell'amore idealizzato per paesi lontani. Consapevolezza che non gli ha impedito di costruire un intero romanzo, *Salammbô*, sugli ori, le gemme e il sangue di una civiltà tutta immaginata e grondante di enigmi mai risolti.

Per altri, l'Oriente è un'occasione di osservazione e argomentazione, come per Montesquieu con le sue *Lettere persiane*. Ma questo accadeva nel secolo dei Lumi. Saranno Ingres e Delacroix a svelarci un aspetto inedito e giocoso dell'esotismo romantico, con le loro visioni di corpi femminili dalle carni abbondanti e ingioiellate, le teste avvolte da turbanti bizzarri, gli abiti dal gusto fortemente teatrale.

A questo punto la domanda che viene spontanea è: viaggiamo armati per inseguire un sogno che già esiste in noi, di cui aspettiamo trepidanti la conferma? o viaggiamo disarmati, ingenuamente pronti a capire e accettare l'altrove? E lo spirito critico che accompagna un viaggio di esplorazione si può definire distaccato e imparziale? Oppure, come dice Hume, il pensiero contiene in sé il sentimento delle cose e quindi non è mai imparziale e anonimo, ma parziale e interessato? Sarebbe come sostenere che viaggiamo prima di tutto col corpo, adattando la pelle e gli abiti a climi diversi, ma portandoci dietro una testa forgiata altrove e difficilmente trasformabile a contatto con esperienze difformi. In questo senso viaggiare sarebbe come trasportare un corpo, un pensiero, una tradizione in un altro corpo, un'altra tradizione, un altro pensiero. Ovvero il viaggio diventa uno scambio di corpi: un indulgere ad arcani traslochi dello spirito.

Ma perché accanirsi tanto sul significato del viaggio? Si viaggia per il piacere di viaggiare e basta. Così direbbe mia madre che è una donna pratica e diretta. Ma è sufficiente per accettare la scriteriata e rischiosa spinta a procedere con passo deciso verso l'ignoto?

Io sono nata viaggiando. I miei primi ricordi sono memorie di viaggio: un mare in tempesta, un orizzonte illuminato da una specie di serpente arrotolato nel suo argento che era la luna piena. Non mi chiedevo perché la mia piccola famiglia composta di un padre giovane e biondo, bellissimo e brusco, silenzioso e segreto; di una madre giovanissima, dal sorriso candido e solare, dai capelli color miele, dagli occhi grandi cerulei, fossero stati morsi dalla tarantola del moto perpetuo. Non so nemmeno se questi ricordi confusi abbiano formato un sistema di segni, un dizionario geografico sulla mia pelle di bambina.

Ricordo sonni disperati fra le braccia morbide della mia giovane madre mentre fuori dal finestrino i lampioni di una strada si susseguivano con ritmo convulso. Ricordo sapori ingrati su una lingua che pure si stava abituando ad accogliere l'inusuale. Ricordo aspri risvegli e pavimenti instabili su cui cercavo di reggermi in piedi mentre la nausea invadeva la mia gola. Ricordo attese infinite, accucciata nel corridoio di un treno così colmo che non c'era posto sui sedili. Ricordo silenzi perforanti in una campagna notturna senza luci. Ricordo paure estreme nell'attesa di un aereo dal ventre carico di bombe. Scambiavo gli aerei per uccelli e gli uccelli per aerei. Le bombe erano uova scintillanti che scivolavano fra le nuvole, portando morte e disperazione. Eppure quegli uccelli erano meravigliosi e li ammiravo a faccia in su nelle mattinate di fame del campo di concentramento giapponese.

Ho saputo solo più tardi, da grande, che il viaggio era un male di famiglia. Mia nonna Yoi era scappata di casa per andare in Persia, da sola. E allora – siamo nei primi del Novecento – viaggiare senza compagnia per una donna era un azzardo davvero pericoloso. E chi affrontava un tale azzardo non poteva che essere pazza. A meno che non fosse una prostituta. È sempre stata povera l'aggettivazione nei riguardi delle donne ribelli, curiose, prese da progetti di autonomia. O pazza o meretrice. Non ci sono altre possibili spiegazioni.

Così probabilmente è stata mia nonna Yoi a contagiare con la sua passione per il viaggio il mio giovane e inquieto padre Fosco. Come lo aveva contagiato con il morbo della scrittura. Morbo che è passato a me, per trasmissione famigliare. Eppure eravamo una famiglia che si considerava immune da contagi e influenze, ciascuno orgogliosamente convinto di essere nato da se stesso e cresciuto a misura della propria intelligenza originale.

La domanda che segue è: ma mia madre, la bella Topazia, figlia di un duca siciliano e di una selvaggia cantante cilena, era anche lei abitata dal demone del viaggio? O semplicemente seguiva mio padre, per amore? Pur non essendo una esploratrice come Fosco, la ragazza siciliana aveva nel sangue l'esperienza dell'altrove. I genitori di sua madre erano venuti dal Cile sul finire dell'Ottocento portando con sé due figlie piccole che avrebbero allevato nello studio del canto e della pittura, in attesa di un buon marito. Non erano ammessi progetti professionali, inadatti alle ragazze di buona famiglia, come il canto e il palcoscenico, cose in cui eccelleva la nonna Sonia.

Era stato normale per la mia giovane madre seguire il "siur tenent" sulle Alpi quando lui è stato richiamato durante l'ultima guerra. Presto era diventata "la madamin del siur tenent". Ed è stato normale, dopo la vincita di una borsa di studio internazionale, abbandonare patria e famiglia per imbarcarsi su una nave diretta a Kobe con in braccio una bambina nata da poco.

Il viaggio nel sangue, si potrebbe dire, come parte di un DNA segnato dall'inquietudine motoria e dalla curiosità geografica. Ma poi, come continuare da sola? farne un mestiere come mio padre? o farne una ragione di nuovo e problematico esotismo? o meglio ancora, farne il destino di una ragione itinerante?

Una delle poche cose certe è che viaggiando si allunga il tempo. Non c'è cosa che restringa lo spazio vitale come la ripetizione dei gesti, delle abitudini. Ricordo un racconto bellissimo di Pirandello che si chiama: *Il treno ha fischiato*. Si narra di un impiegato, un mezze maniche, il quale dopo cinquanta anni di lavoro accanito, un giorno si accorge che il treno ha fischiato. Il treno che passava vicino all'ufficio fischiava ogni giorno alla stessa ora, ma lui non se n'era mai accorto. Le sue giornate erano talmente uguali a se stesse da avere inglobato quel fischio come fosse una parte della normalità quotidiana. Sollevando la testa dal tavolo si rende conto di avere raggiunto la vecchiaia senza avere mai vissuto. Probabilmente è la morte stessa che ha fischiato, per rammentargli di avere troppo indugiato su quel tavolo, senza essersi mai interrogato sul senso di ciò che stava facendo.

Il tempo delle abitudini appare eterno, ma nel ricordo ha la durata di un attimo. Il tempo delle diversità, dei pericoli, del nuovo e dell'inaspettato appare al contrario breve e fuggevole. Ma visto di spalle, si allunga all'infinito. La contrazione è data dalla ripetizione e dalla mancanza di sorprese, buone o cattive che siano. La dilatazione esplode dalle sorprese inattese, dagli incontri imprevisti, anche, perché no, dalla paura del futuro e dei suoi trabocchetti.

Il viaggio assomiglia anche, nel suo scorrere, alla narrazione. In effetti ogni narrazione attinge a quel nucleo profondo che è il movimento dell'essere umano per raggiungere una terra, una casa, un traguardo. Il viaggiatore racconta a se stesso prima di tutto e poi agli altri le tappe del suo itinerario. Ci rimugina sopra, le riunisce e stende come una carta davanti a sé, la carta delle sue esperienze. Per ritrovare poi, in letti estranei e lontani, la nostalgia del ritorno. Per ricominciare, ogni volta che una storia è conclusa, con un'altra storia. La storia del lungo e tortuoso andare verso la morte.

Io che non tengo diari quando sto nella mia casa di Roma, appena mi metto a viaggiare sento il bisogno di fermare sulla carta i pensieri che scappano, chiudendoli in quel progetto di memoria che ogni scrittura porta con sé.

Il viaggio però è anche dolore. Il dolore di lasciare qualcuno che si ama, fosse pure solo un cane, come la mia piccola Bionda che appena comincio a riempire la valigia prende a girarmi intorno inquieta chiedendosi quanto starò lontana. Io so che il suo sguardo mi segue mentre sono in viaggio, mi cova e mi scorta con indulgenza e tenerezza. Il rientro a casa sarà toccato da questa tenerezza e dalla gioia reciproca del ritrovamento. E poi ci sono le scomodità diurne e notturne: non trovare la lampada dalla parte in cui la trovi sempre, dormire in letti sconosciuti, in stanze dagli odori estranei. Patire il freddo, il caldo, l'attesa, la noia, la nausea, il sapore di cibi che lo stomaco rifiuta, la vicinanza di persone estranee, l'acconciarsi ad abitudini insolite, a volte difficili da conciliare coi propri bisogni.

Ma i dolori si superano se veramente si è innamorati dell'ignoto. È questa la seduzione che Flaubert sottovaluta. È vero, c'è qualcosa di insensato in questa smania di cambiare Paese, cambiare lingua, cambiare moneta, inseguendo sogni di bellezza. C'è qualcosa di assurdo e di presuntuoso nel voler violare segreti che non si fanno violare, nello scavare in misteri che stentano ad accoglierti, nell'attingere ad acque dal sapore d'altro. Ma questa insensatezza è propria dell'amore, con la sua gratuità, la sua necessità, il suo disinteresse.

Con spirito volterriano, con piede magellanesco (a proposito, suggerisco a chi ama i viaggi di leggere un bellissimo libro che si chiama per l'appunto *Magellano*, di Stefan Zweig, ne sarà incantato), con naso flaubertiano – il nostro aveva una grande sensibilità per gli odori – con curiosità marcopolesca, chi ama viaggiare mette un piede avanti all'altro, senza pensarci tanto, senza calcolare i rischi, senza farsi troppe domande, perché il corpo ha voglia di andare. E va. Io vado. Perché ho sempre voglia di raccontare di una nuova seduzione.

SOGNI E GUERRE

Africa: donne e piccoli soldati

Nairobi. Avevo promesso a me stessa di non tornare in Kenya a visitare i miei amati elefanti finché le guerre distruttive non fossero finite e finché l'AIDS non avesse lasciato quei territori. Come indulgere al piacere di osservare gli ultimi animali selvatici, in un Paese che ha il 20% di sieropositivi? Sono anni infatti che non andavo più in Africa. Ma l'invito a un incontro con un gruppo di donne africane (del Kenya, del Sudan e della Somalia) mi ha convinta e così sono qui in questo inverno assolato.

L'Alitalia ha cancellato i voli diretti per il Kenya e quindi bisogna fare un giro lungo: Roma-Amsterdam, o Roma-Londra e poi giù verso Nairobi. Anni fa si arrivava in poco più di cinque ore. Oggi ce ne vogliono una dozzina, e c'è pure il rischio di perdere il bagaglio per strada come è successo a me all'andata.

Nairobi, che io ricordavo come una città pacifica ed elegante, è diventata pericolosa e sporca. Il centro in certe ore del giorno è infrequentabile, si rischia la rapina: «Un coltello puntato sul collo, ti frugano rapidamente e ti portano via tutto, compresi gli spiccioli, l'orologio da polso, anche se vecchio» racconta Elio Traina, il direttore dell'Istituto italiano di cultura che coraggiosamente sfida i pericoli per portare avanti un intenso programma di scambi culturali fra l'Italia e il Kenya.

I ricchi si barricano nelle loro ville con tanto di fili spinati, muri coperti di cocci, ronda di cani e servizio armato notte e giorno. Solo i parchi con gli animali selvatici sono ancora delle oasi di pace. E vengono ben protetti. È lì che si concentra la valuta straniera. I turisti, appesantiti da videocamere e macchine fotografiche di tutte le forme, se ne vanno in giro chiusi dentro vecchie Land Rover, spiando l'arrivo di un gruppo di leoni, di una mandria di elefanti. Gli animali non sentono l'odore degli umani – per una volta chiusi in gabbia come in uno zoo – e tranquillamente passeggiano, amoreggiano, cacciano, nella pienezza della loro intelligente e necessaria semplicità vitale. Osservare una ventina di elefanti che scende lentamente verso la riva del fiume per fare il bagno in un tripudio di spruzzi, di barriti, spezzando rami e foglie, affondando le gigantesche zampe nel fango, è una esperienza straordinaria. La leggerezza di questi corpi massicci stupisce e meraviglia.

Gli esseri umani, dentro le loro scatole di latta, perdono la propria centralità dominante, diventando per una volta invisibili e inoffensivi. Al di là dei finestrini, le gazzelle saltano, le giraffe fanno capolino dietro i cespugli ruminando foglie di acacia, gli scimmioni dal sedere lilla corrono emettendo grida di allegria. La sensazione è di essere capitati, clandestinamente, in un paradiso arcaico, lontanissimo nel tempo, prima della cacciata di Adamo ed Eva. Un paradiso sospeso nel vuoto di una memoria fuori dal cervello umano. Certamente una esperienza anche dolorosa, che ti rammenta come la natura sia indifferente all'uomo. Ti viene il sospetto che perfino il Padre eterno sia ormai incurante della sorte delle sue creature, perdute dietro mercati e guerre, dopo la cacciata dal paradiso terrestre. Quel paradiso che ora vorremmo ricostruire, con le sparute bestie selvagge che sono state risparmiate dalla grande carneficina. Ma quale Noè potrà salvare quelle meravigliose creature dal diluvio tecnologico?

La professoressa Giovanna Domenichini ha organizzato per me un incontro con gli studenti dell'università. Sono ragazzi privilegiati, che hanno avuto modo di studiare, ma non per questo sono ricchi. Portano con dignità i loro vestiti lisi, i loro libri tenuti insieme dalla colla fatta in casa e da infiniti pezzi di scotch. Parliamo di romanzi, di storie. Ma vedo che si fanno particolarmente attenti quando mi interrogo sulla funzione dello scrittore nel tempo in cui vive: un testimone? una coscienza inquieta? una voce di dissenso? uno spirito critico? uno che dice la verità quando altri non possono dirla? oppure semplicemente una persona che coltiva il suo orticello di parole preziose, puntando sulla propria capacità visionaria e precorritrice? In luoghi dove prevalgono la povertà e la paura certamente lo scrittore è visto come qualcuno che ha il dovere e il privilegio di parlare per chi non può farlo. «Se scoppia una guerra vicino a lui, lo scrittore che fa? ne scrive? o le sue fantasie, quando sono profonde e creative, bastano a nutrire l'immaginazione dei lettori del suo tempo, senza alcun riferimento ai fatti che travagliano gli animi di chi vive loro accanto?» Sono domande a cui è difficile rispondere.

Ma l'attenzione di questi ragazzi testimonia una gran voglia di crearsi degli strumenti per giudicare il mondo, ma anche per cambiarlo in meglio. Il teatro qui è visto nel modo antico, come il luogo nudo in cui si scontrano le ragioni del dovere con quelle del piacere. E a teatro ci ritroveremo per leggere poesie in swahili, in inglese e in italiano. Nello stesso teatro due sere dopo, assisteremo a una versione inglese di un monologo contenuto nel vecchio testo di Dario Fo, *Tutta casa, letto e chiesa*, e qui tradotto come *A Woman Alone*, in cui una massaia (me la ricordo interpretata da una bravissima Franca Rame) racconta alla vicina di casa le comiche infelicità di una condizione femminile di sudditanza e di schiavitù.

Il Kenya non è in guerra, e anzi pratica una difficile e coraggiosa democrazia, ma confina con Paesi che stanno combattendo guerre di anni, che hanno prodotto morti infinite, torture, abusi, violenze, stupri, devastazioni di ogni genere... Molti di questi popoli in fuga si rifugiano nel Paese degli altipiani e trovano scampo in qualche baraccopoli senza luce e senza fogne, dove regna l'arbitrio più assoluto, la legge del più forte. Io stessa ho assistito, durante una visita al devastato quartiere di Kibera per incontrare i ragazzi che Thomas Simmons dell'AMREF e Marco Baliani stanno aiutando a uscire dalle logiche della guerra, a una battuta punitiva di uomini armati di bastoni, contro donne giovani e vecchie che avevano il torto di appoggiare l'opposizione. Altri, tantissimi, vanno a finire nei campi appositamente creati per i profughi, dove la vita è così promiscua, primitiva e infelice che il numero dei suicidi è continuamente in crescita.

Gli italiani stanno dando una mano, anche sul piano istituzionale, per trovare qualche rimedio alle guerre senza fine del Sudan, della Somalia, attraverso gli esuli che si trovano qui in Kenya. E questa è una buona notizia. Assieme con alcuni missionari, i rappresentanti del nostro Paese una volta tanto sono accolti con fiducia e simpatia, perché hanno trovato le parole per parlare concretamente di pace. L'invito a incontrarmi con le rappresentanti delle profughe sudanesi e somale viene da Domenico Polloni, osservatore italiano del processo di pace per il Sudan, che conosce bene la situazione, vive qui da anni e ha buoni rapporti con le organizzazioni pacifiste africane.

Sono una decina di donne fra somale, sudanesi e keniote. Alcune più giovani, altre meno giovani, ma tutte combattive, intelligenti e, lo si vede chiaramente, spazientite dalla propria impotenza. Cosa fare per affrontare le prepotenze dei "Signori della guerra", come loro stesse chiamano coloro che approfittano delle rivalità fra clan per arricchirsi rapidamente seminando terrore e odio? Alcune arrivano ad augurarsi un intervento armato dell'ONU.

Con noi ci sono anche il professor Carlo Ungaro, inviato speciale del Governo italiano per la Somalia, e Marion Douglas, la sua combattiva moglie americana, che spiegano cosa hanno significato per questi Paesi poveri anni e anni di guerra civile. «La popolazione è diventata ostaggio di bande di uomini armati che fanno solo i propri interessi, non fermandosi di fronte a qualunque violenza. Non ci sono ragioni ideologiche dietro questi scontri ma problemi di potere fra clan opposti. Sono loro che mettono in mano ai bambini le armi, per farne dei guerrieri obbedienti e spericolati. In tutto questo le donne hanno una funzione fondamentale: portano avanti le strutture economiche di una società completamente spappolata.» Spesso assicurano il minimo di istruzione nelle zone devastate dalla guerra, improvvisando piccole scuole rudimentali. Ma sono talmente denutrite che al primo assalto di una malattia, soccombono. Soffrono di cataratta precoce, di emorragie, di aborti spontanei, di tubercolosi. Le bambine sono costrette a sposarsi prestissimo, anche a undici, dodici anni, per portare una dote, pur piccola, di due o tre vacche nella casa dei parenti. E anche per sfuggire agli stupri («qualsiasi donna che non appartenga ad un uomo, è esposta allo stupro di gruppo e alla rapina»).

«La cosa assurda» dice la somala Medina Amir Mohamed, che parla benissimo italiano «è che noi siamo continuamente chiamate a sostituire gli uomini che sono in guerra: nell'organizzazione sociale, nella protezione della famiglia, nel commercio. Ma appena c'è da incontrarsi per decidere del futuro della comunità, veniamo automaticamente estromesse. Eppure abbiamo molto da dire sul futuro del nostro popolo e dovrebbero ascoltarci, per lo meno ascoltarci.»

«Le donne spesso sono costrette ad assistere alla morte violenta dei mariti, dei figli, e vengono stuprate di fronte ai parenti, e alla gente del villaggio» racconta Amina Muddei. «Eppure non chiedono vendetta. Vogliamo la pace, contro qualsiasi logica di ritorsione. Quello che ci preoccupa è la totale disgregazione dei nostri popoli e dei nostri villaggi. Siamo in piena anarchia, dove ognuno è contro tutti e vince sempre il più forte. Facciamo di tutto per creare delle zone di lavoro e di pace ma anche se ci riusciamo qualche volta, non sappiamo come rieducare i bambini abituati a torturare, uccidere e depredare. Nel '91 le donne avevano un posto in politica, c'erano delle leggi che imponevano una loro rappresentanza. Oggi tutto questo è scomparso assieme ad ogni forma di istruzione.» «Nondimeno sono proprio le donne che permettono la sopravvivenza dei villaggi» incalza Asli Ismail Du'ale «con il loro piccolo commercio, che portano avanti a rischio della vita. Sono loro che garantiscono l'approvvigionamento della legna per cucinare, tagliando i rami nei boschi e caricandoli sulla testa. Sono loro che trasportano l'acqua dai fiumi ai villaggi, loro che coltivano il miglio, il mais, le banane.

«Stiamo tornando all'analfabetismo perché le scuole non ci sono più. Le donne non sanno nemmeno scrivere il proprio nome. Ci sono alcune scuole private ma sono per i più ricchi. La maggioranza non ha neanche i soldi per comprarsi le scarpe. Le associazioni femminili sono state le uniche a volere costituire dei legami fra nazioni in guerra, attraverso il piccolo commercio e le azioni di pace. Dove le armi vengono proibite si costituisce un flusso clandestino inarrestabile e anche voi italiani vendete tante armi. Oggi, sotto la pressione dei grandi del mondo, si comincia a trattare per la pace. Ma sapete chi sta negoziando per noi? proprio quei "Signori della guerra" che ci hanno torturati e depredati. Vogliono mantenere i propri interessi anche in tempo di pace.»

«Il Sudan è in guerra da quindici anni» racconta Rachel Kirubi dell'Upper Nile Women Welfare Association. «Il Sud, in cui prevalgono i cattolici e gli animisti, si scontra col Nord che è in prevalenza islamico e considera quelli del meridione come "razza inferiore". È una realtà frammentata, in cui tutti stanno male, salvo coloro che detengono le armi e minacciano chiunque non stia alle loro regole. L'analfabetismo sta diventando una norma, la classe dirigente è inesistente, non ci sono più amministratori, siamo in uno stato di autodistruzione perversa.»

«Noi li portiamo dentro alla pancia per nove mesi» interviene Mary Nyaulang del Sudanese Women in Development and Peace «li alleviamo fino ai sette anni, e poi ci vengono tolti per portarli a fare la guerra. Le nostre parole di madri non contano più niente dal momento che il bambino diventa un piccolo soldato. E dobbiamo assistere all'obbrobrio di vedere i nostri figli dalle mani ancora piccole e tenere che stringono un fucile e lo portano a casa come se fosse un giocattolo che purtroppo spara davvero.»

«Le donne non sono mai informate su ciò che accadrà» aggiunge polemica Anisia Achieng del Sudanese Women's Voice for Peace. «Ci vengono dati solo ordini: abbandona la tua casa entro un'ora, nasconditi da qualche parte, porta in salvo i bambini. Ma dove e per quanto tempo? Non ci viene detto niente. Noi vorremmo costruire una cultura di pace che superi le differenze dei clan avversari, vogliamo tornare a vivere in pace, e che i nostri figli vadano a scuola in sicurezza.»

Le testimonianze si susseguono dolorose e simili: la guerra è una faccenda di uomini e alle donne non viene richiesto nessun parere, mai. La guerra riduce le ragazze a rango di prede, le donne adulte a rango di serve e infermiere. Come fare per riportare la pace in terre distrutte dall'odio e dal principio della vendetta, come fare per ricostruire la famiglia e il pacifico lavoro quotidiano?

Mi chiedo perché le istituzioni internazionali, quando vogliono trattare con personalità dei Paesi in guerra, non si rivolgono alle donne. Non sarebbe una strategia vincente?

L'autorità si crea, è un investimento che spesso viene da chi ha già una autorità. Se le istituzioni, cominciando da quelle umanitarie internazionali, scegliessero all'interno dei

Paesi da pacificare, delle personalità femminili – e posso assicurare che ce ne sono – facendone un punto di riferimento anche se non istituzionale, dando loro un valore di rappresentanza, credo che i "Signori della guerra" sarebbero costretti a riconoscere a queste ultime quell'autorità che vogliono mantenere solo per sé.

Non è successo lo stesso con Rigoberta Menchu, che ha rappresentato le lotte dei popoli latinoamericani ed è diventata un punto di riferimento anche per i capi di Stato e le organizzazioni umanitarie internazionali? La mia proposta ai governi che veramente credono nella pacificazione di questi Paesi impelagati in guerre decennali senza uscita, è proprio questa: non rivolgersi ai dirigenti che si autopropongono come le voci autorevoli dei loro popoli, ma andare a cercare le rappresentanti di quelle associazioni femminili che dal basso premono per una politica di riconciliazione e non riescono a darsi credito per via di una atavica gerarchia del potere patriarcale. Dare dall'esterno un valore a coloro che veramente hanno interesse nell'armistizio e renderli ambasciatori autorevoli di una pace che non può passare per gli interessi eternamente rinnovati dei "Signori della guerra".

27 dicembre 2002

Lima: donne e libri erotici

"Ogni viaggio è una scuola di resistenza" scrive Marguerite Yourcenar "una scuola di stupefazione, quasi una ascesi, un mezzo per perdere i propri pregiudizi, mettendoli in contatto con quelli degli altri."

Certamente una scuola di resistenza anche fisica, perché è sgradevole cambiare letto, cambiare abitudini, cambiare alimentazione. Ma in questa sgradevolezza si annida, come un cuore segreto, il tuorlo della stupefazione, il principio dell'ascesi. C'è qualcosa di religioso nello spirito conoscitivo del viaggio. Entrare in sistemi di pensiero che non ci appartengono per nascita, farsene contagiare, può portare a una sensazione di perdita, di estraneità da se stessi, ma può anche dare nuove e sorprendenti emozioni.

Spinta da questo inquietante fervore motorio, mi sono trovata in una città lontana, Lima, a parlare di scrittura delle donne assieme con delle eleganti e modernissime scrittrici di lingua spagnola. Lima è una città scombinata e assolutamente informe. Il disordine architettonico regna sovrano: grattacieli magnifici in vetro e resine sintetiche convivono con casupole sgangherate e facciate rutilanti di ristoranti che assomigliano a baracconi disneyani, con tanto di pappagalli, serpenti e giganteschi ibiscus dipinti sui muri.

Qui l'Università di Lima, nella persona dell'ospitalissimo professor Jorge Cornejo Polar, ha raccolto una sessantina di scrittrici di lingua spagnola, ci ha aggiunto tre o quattro ospiti europee ed ha iniziato i lavori. «La lingua che parlo è bastarda, meticcia, india, machupina, latina, negra, violata, libresca, disgregata, popolare e africanizzata, giudia e tedesca, morta e resuscitata, segreta e declassata» ha cantilenato Nuria Amat, famosa scrittrice spagnola, mettendo in evidenza il malessere linguistico di chi oggi si accinge a scrivere romanzi.

«Mia madre è la duchessa di Alba, mio padre Flash Gordon» continua Angélica Gorodischer, una scrittrice argentina dal pensiero carico di metafore divertenti. «Le muse, quando vanno a trovare uno scrittore, si vestono bene, si profumano i capelli, si mettono i guanti neri. Mentre, quando si presentano ad una donna, portano i guanti di gomma, hanno i bigodini in testa, puzzano di varechina e hanno fretta, tanta fretta.»

Laura Restrepo, conosciutissima scrittrice colombiana, invece ha preoccupazioni più sociali: «Il libro è uno stato di tregua in un tempo di guerra. Il libro è da noi una passione molto femminile. La scrittura ha bisogno di tranquillità, di riflessione, di capacità di osservazione e di equilibrio. Molti uomini preferiscono la politica che è più rapida ed efficace. I tempi del racconto sono più simili ai tempi interni di un corpo femminile, abituato a coltivare un seme per nove mesi di paziente travaglio».

«Io faccio la giornalista e scrivo anche romanzi» incalza la spagnola Rosa Montero «col giornalismo io scrivo quello che so, con il romanzo scrivo quello che non so che so. Le cose sono molto cambiate per le donne: sotto Franco non erano bene accette nei giornali. Le mettevano a occuparsi di moda o di bambini. Ora hanno molto più spazio e credibilità.» Rosa Montero è famosa per le sue biografie. L'ultima riguarda coppie celebri della storia passata e presente come Tolstoj e Sophia Andreevna, Verlaine e Rimbaud, John Lennon e sua moglie Yoko Ono.

«Esiste un carattere letterario proprio della scrittura ispanica latinoamericana?» chiedo io con ingenua curiosità. «Il mondo ha un gran bisogno di etichette» mi risponde una peruviana, quasi offesa; «secondo gli europei noi dovremmo tutti scrivere come García Márquez. Ma l'unità latinoamericana è un mito come un altro, una mistificazione che ci danneggia soltanto cancellando le differenze che portano ricchezza per appiattirci in qualcosa di già stabilito e scontato.»

«Eppure c'è un filo che lega le donne di qua e di là dall'oceano» dice Almudena Grandes, fumando una sigaretta dietro l'altra. È alta, bella, ha la voce roca e sensuale, gli occhi color pece. «Io ho cominciato a scrivere per vendetta. Da bambina, ricordo che sono stata molto colpita dal mito di Ulisse: una persona libera che torna da un lungo viaggio e trova la casa invasa, occupata, assediata. Allora decide di vendicarsi e lo fa nel modo più elegante, scegliendo di cimentarsi con l'arco. Ecco io mi cimento con l'arco della scrittura. E mi vendico di chi ha occupato i miei spazi interiori, di chi li ha assediati e controllati per troppo tempo.»

«Che senso ha fare della letteratura erotica in tempi così contagiati da un mercato dell'erotismo?»

«Il sesso è uno dei temi della letteratura di tutti i tempi. Per le donne è sempre stato un tabù. Che le scrittrici entrino in questo campo minato è un segno di coraggio.»

«E come mai i libri erotici femminili si limitano a raccontare storie di masochismo? come mai non sanno inventarsi storie di sesso fatto a misura di donna?»

«Io credo con i miei romanzi di avere descritto i rapporti di potere fra i sessi. Il masochismo è una manifestazione di questo rapporto squilibrato. Culturalmente le donne sono più vicine alle relazioni di dipendenza. Per me è stata materia di osservazione e anche dolorosa.»

È quello che colpisce nei libri erotici scritti dalle donne: la capacità di sondare il dolore, soprattutto quello fisico. La connessione fra dolore e piacere sembra quasi inevitabile. Ma davvero il sesso libero passa attraverso la ricerca esaltata del patimento? Colpisce nella letteratura fatta dalle donne l'assoluta mancanza di una rappresentazione della gioia sessuale. Forse aveva ragione Jane Austen che, nel raccontare l'allegria sensuale e la conquista femminile dell'immaginazione erotica maschile, si ferma alla schermaglia amorosa, senza mai varcare la soglia della conoscenza carnale.

«Il dolore è un tema forte quando ci si rivolge alle donne.» È Maria Adelaide Amaral a parlare: una scrittrice che lavora ormai a tempo pieno per le telenovelas brasiliane. «Io sono nata drammaturga. Ma si guadagnava talmente poco col teatro che ho dovuto per forza trovare altri lavori. Sono una donna sola con due figli. Per scrivere telenovelas bisogna imparare una tecnica, che è diversa da quella del romanzo o del cinema. Bisogna essere rapidi, sintetici e molto legati alla realtà quotidiana. Prima scrivevo cose che riguardavano il mio mondo. Ora scrivo volentieri di prostitute, di ladri. E so che fra i miei spettatori ci sono ladri e prostitute. Il che non succede con i romanzi, che magari di ladri e prostitute parlano ma nelle loro mani non vanno mai. Forse ho perso qualcosa in profondità però ho la soddisfazione di sapere che le mie storie arrivano fino in Cina.»

«Ma ci sono limitazioni? autocensure?»

«Certo, fino ad un certo punto però. Sono stata la prima a raccontare di una coppia di omosessuali, senza cadere nella caricatura. È stata una conquista.»

«Con un piede sto in casa e faccio la casalinga, con un altro sto nel mondo intellettuale» racconta Susana Ruiz. «Il mio grande maestro è Euripide che ha registrato il malessere degli emarginati: le serve, i prigionieri, le schiave, i reietti. Una donna sa cos'è l'emarginazione, fin nel profondo dell'anima (perfino di quell'anima si è dubitato), conosce il ridicolo e il senso di colpa. Ci racconta come li affronta.»

«Scrivendo di me, mi ridò la vita» sostiene Mariella Saba,

peruviana «il rischio è che la letteratura delle donne entri nella moda e si assoggetti al mercato. Ma è un rischio che vale la pena di correre. Scrivere in un Paese di alto analfabetismo non è facile. Sai già che, anche se va benissimo, raggiungerai al massimo duemila persone. Scrivere diventa un esercizio per persone colte, poche. Nasce la tentazione di farne qualcosa di prezioso ed esoterico. Beati voi che avete tanti lettori.»

Curioso sentirsi definire "beati" venendo da un Paese che legge così poco. Ma c'è sempre chi sta peggio. In effetti il Perú è un Paese povero, con una memoria non lontana di grandi ricchezze e forti legami con l'Europa. Si possono trovare bellissime chiese barocche, deliziose villette floreali, giardini all'inglese e squisiti mobili francesi. Ma una volta svuotate le miniere d'oro e d'argento, una volta perso il mercato della carne bovina, il Paese è piombato nell'indigenza e nell'isolamento. Da cui fa fatica a tirarsi fuori ancora oggi, nonostante i nuovi mercati e il grande successo del turismo.

E fra i turisti mi ritrovo, una volta finito l'incontro letterario, a visitare le rovine inca di Machu Picchu. Un'altra esperienza visiva della religiosità fatta architettura e sogno di solitudine. Tanto bene si erano nascosti questi grandi tessitori di lane pregiate che solo nel 1911 sono venute alla luce, grazie al fiuto dell'archeologo inglese Hiram Bingham, le tracce della loro fiabesca cittadina arrampicata sulle vette di una montagna vertiginosamente scoscesa. A queste altezze la pietra sembra fatta di carne e la carne è quella orgogliosa e irsuta dei lama dallo sguardo fiero.

Il mio viaggio finisce sul lago Titicaca dove non si sa se per volontà dei cacciatori di turisti o per la voglia di solitudine degli indios sono nate queste straordinarie *islas flotantes*, meravigliose isole galleggianti, fatte di sola paglia che lentamente e dolcemente vagano sulle acque calme del lago. Sopra sono state costruite case di paglia e di vimini. Vi si cammina come su un tappeto di nuvole, sospesi fra cielo e acqua, in un dolcissimo profumo di erbe. Qui perfino la povertà e la corruzione sembrano piccoli difetti di un mondo dorato e leggero. Ma ancora una volta si tratta di un miraggio dei sensi.

"*Amer savoir celui qu'on tire du voyage!*" (Amaro sapere quello che si ricava dal viaggio) dice Baudelaire. E forse aveva ragione.

18 dicembre 1999

Sogno perverso di una Grande Serbia

Giornate di sole. Il mare di Capodistria è morbido e calmo come oliato. Di notte, l'acqua nera del porto riflette le luci delle colline che scendono in cerchi digradanti, ricordando un poco la baia di Napoli. La guerra è vicina eppure non si sente. I capodistriani hanno avuto la saggezza (c'è chi dice che è costata cara questa saggezza, frutto di faticose negoziazioni) di tenersi fuori dal conflitto. È pomeriggio e me ne sto seduta nel bellissimo cortile del Museo regionale, detto Il lapidario, fra statue di pietra grigia e piante cariche di fiori. Davanti a me un pubblico attento e curioso. Nelle due seggiole accanto due persone che rappresentano minoranze diverse: Isabella Flego, ex deputata della Comunità italiana in Slovenia, e Miran Košuta, giovane scrittore storico e critico letterario della minoranza slovena a Trieste.

Due mondi separati, diversi, che pure si conoscono, si stimano, si scambiano informazioni. È l'indignazione per quello che succede in Bosnia che li rende amici. C'è qualcosa di insensato e disperante in questa guerra che, a chiunque sia abituato a riflettere disinteressatamente, suona ripugnante e insopportabile. Dopo l'incontro col pubblico ce ne andiamo, assieme al console d'Italia Solaro, molto alla mano e buon conoscitore del Paese, lungo il mare. Ci sediamo sotto una grande tenda ad ombrello e mangiamo del pesce fresco fritto poveramente in una pentola nera di fumo e servito su dei vassoietti di plastica traballanti. La notte ha un odore sottile di alghe rapprese al sole, di barche dipinte di fresco («ma nessuno pesca più da queste parti, sono solo turisti che fanno il bagno»), di magnolie fiorite e di asfalto bagnato.

«Sembra un posto veramente pacifico ma pure avrete qualche eco della guerra vicina. Come vi arriva?» chiedo con la goffaggine di chi abita a Roma e sa di questa guerra solo per averne letto sui giornali. «La guerra per noi sono soprattutto delle voci» mi dice Miran Kŏsuta. «... le voci degli scampati che raccontano, parlano, riferiscono cose atroci e avvilenti. Ogni giorno centinaia di profughi scappano dai centri devastati. Finora si parla di tre milioni di persone che hanno perso famiglia, casa e città. Ci sono campi di smistamento sia in Slovenia che in Croazia.»

«Nella mia scuola» aggiunge Isabella Flego «ho accolto ottantacinque bambini che vengono da Sarajevo e dintorni. Alcuni hanno perso il padre e la madre, altri solo il padre, ogni famiglia comunque è stata mutilata e smembrata.»

«Eppure la guerra è nata proprio qui» dico «mi potete raccontare come l'avete vista nascere?»

«I serbi sono partiti dalle caserme sparse in tutto il territorio con i carri armati dell'esercito jugoslavo e sono andati di punto in bianco ad occupare le postazioni lungo i confini dei valichi qui intorno: Nuova Gorizia, Rabuiese, Sesana. Ci sono state delle sparatorie che hanno fatto una decina di morti. Eravamo talmente stupiti che non sapevamo come reagire. Gli aerei volavano bassi, hanno sparato su persone e automobili. Per dieci giorni si sono sentiti i colpi di una parte e dell'altra.»

«Ma chi combatteva contro chi?»

«Le milizie regionali rispondevano come potevano all'armata che si era autoproclamata nazionale. I serbi sono sempre stati più militarizzati degli altri. Si sono considerati il più eroico baluardo europeo contro i turchi. Molti dei generali dell'esercito jugoslavo già ai tempi di Tito erano serbi. Nel 1991 i generali che non erano serbi sono stati tutti esonerati e i nuovi, di etnia serba, si sono proclamati esercito nazionale di una nazione fatta a loro immagine e somiglianza.»

«E poi com'è che hanno desistito?»

«Non tutto è chiaro ma probabilmente gli sloveni hanno avuto la pace in cambio della cessione dei loro beni sparsi in tutto il Paese. C'è stata comunque una contrattazione.»

«Il sentimento della nazione jugoslava era sentito da tutto il Paese o era solo un artificio creato da Tito?»

«Un'intera generazione, anzi forse due, è stata educata al sentimento dell'unità nazionale federativa. L'idea di uno spirito jugoslavo era molto forte e popolare. Ci si sentiva diversi ma vicini, le nostre vite erano intrecciate in modo naturale. Tutti parlavano croato, macedone, sloveno. In molte famiglie la religione musulmana conviveva tranquillamente con quella cattolica. Ora tutto è saltato e le lingue diverse sono diventate fonte di odio e di separazione.»

Gli sloveni che incontro in questo breve viaggio in effetti portano in sé un'impronta di cosmopolitismo e di tolleranza. Le lingue sono considerate un mezzo di conoscenza e di scambio, quasi tutti ne parlano correttamente due o tre; traducono con rapidità e destrezza e attraverso la traduzione, come fa il giovane scrittore Miran Košuta, tengono rapporti di intelligenza con diverse culture, così come dovrebbe fare ogni persona che appartenga in maniera umana e non nevrotica al grande mondo degli scambi pacifici. L'isolazionismo, il sentimento ossessivo della purezza delle radici etniche suonano stonati e fuori dal flusso vitale della storia.

«Milošević ha giocato tutto sul nazionalismo più esasperato» continua Miran Košuta «ora è preso da un ingranaggio perverso da cui non può più uscire senza perdere prestigio e potere. È legato mani e piedi al concetto di una Grande Serbia nazionalista e jugoslava.»

«E che cosa comprenderebbe questa Grande Serbia?»

«La Bosnia, la Croazia, il Montenegro, il Kosovo, dovunque ci sono delle minoranze serbe. Un terzo della popolazione della Bosnia è fatta di serbi e per loro è da considerarsi tutta serba; il Kosovo ha una maggioranza albanese ma anche lì c'è una presenza serba e quindi non può che appartenere ai serbi. Il Kosovo sarà molto probabilmente il prossimo centro di fuoco della guerra. È una polveriera che impiegherà pochissimo tempo ad esplodere se si continua così. Anche la Croazia ha una minoranza serba e con un colpo solo l'hanno resa parte della grande nazione serba. In dispregio ai diritti, non dico delle minoranze, ma perfino delle maggioranze più palesi.»

«Stanno costruendo dei solchi nelle famiglie» dice Isabella Flego «solchi di odio e di insofferenza. Quella antica, saggia capacità di convivenza tra persone di lingua e religione diversa viene distrutta con brutalità. Interi villaggi vengono cancellati perché non abitati da serbi. La gente viene trascinata via dalle proprie case, dai propri campi, messa dentro dei fili spinati, uccisa. Le donne vengono stuprate come si faceva nelle guerre più selvagge dei secoli passati. In più si insiste sulla "pulizia etnica" che è un concetto aberrante e mostruoso.»

«E come reagiscono gli intellettuali in tutto questo?»

«Alcuni hanno aderito alla politica espansionista serba, come per esempio Dobrica Cosić, che per questo è stato fatto presidente della Federazione jugoslava. Una federazione che non comprende né la Slovenia né la Croazia ma solo la Bosnia e il Montenegro. Una federazione a cui hanno aderito finora solo i serbi; i musulmani sanno che sarebbe un suicidio per loro e fanno resistenza.»

«Ma ci saranno fra i serbi degli scrittori, degli artisti che si sono schierati contro questa politica di prepotenza e di sopraffazione?»

«In Croazia no perché pensavano di potere restare neutrali, di essere risparmiati in quanto "amici". E invece sono stati attaccati anche loro. Nell'ultimo convegno del Pen Club a Dubrovnik si è discusso se radiare i letterati che hanno aderito alla folle politica di espansione serba, ma non si è riusciti a prendere un provvedimento. Sono state quattro donne a prendere pubblicamente posizione, con molto coraggio devo dire. Hanno condannato senza mezze misure lo stupro etnico, la violenza contro i villaggi, la prepotenza militare. Sono subito state definite le "quattro streghe". E in capo a pochi mesi sono state costrette ad emigrare, due in Slovenia, due in Francia.»

Riparto per Roma lasciando alle spalle questo groviglio di passioni e la sensazione che solo la comprensione, la tolleranza, il rispetto per il diverso possano portare alla pace. Fa piacere sapere che, tra i pochi intellettuali serbi che si sono opposti, sono state delle donne, quattro scrittrici a dare un esempio di umana intelligente razionalità. Contro l'irrazionalità cieca e presuntuosa di chi crede solo alle ragioni della guerra.

13 luglio 1993

Zurigo: città a misura d'uomo

Sono a Zurigo invitata dal Politecnico a tenere un corso di sei settimane sul mito greco nella letteratura italiana. Mi chiedo perché mi sento tanto alleggerita e mi accorgo che il mio Paese da ultimo mi angosciava profondamente.

Da qui l'Italia del 2010 appare in preda a un furore autodistruttivo, rissosa, contraddittoria, incapace di prendere decisioni salutari e coraggiose. È però anche questa città pulita, in cui lo spirito civico è così forte, in cui il traffico è ridotto all'osso essendo le macchine private fortemente scoraggiate, in cui la gente si muove a piedi o in bicicletta, e si attiene alle regole con spirito collaborativo, a comunicare un senso di liberazione.

Intere zone di Zurigo sono solo pedonali. I tram sono frequentissimi e arrivano puntali, sono accuratamente predisposti sia per mamme con carrozzine che per persone disabili o con cani appresso. Non so quanto influisca ma certamente fa effetto sapere che questa città moderna e bene organizzata è guidata da una sindaca, che si chiama Corine Mauch, una giovane ingegnera in agronomia, che vive more uxorio con una donna e suona il basso elettrico in una banda rock.

Ascolto la radio della Svizzera italiana, sbircio la tv e mi sembra incredibile che la pubblicità sia quasi inesistente, che lo schermo non si presenti come una specie di bordello felliniano in cui i corpi delle donne vengono esposti al voyeurismo di massa, che le discussioni si tengano nel rispetto generale, senza insulti, senza aggressioni verbali, nella considerazione dell'altro. In questi giorni si dibatte sui rapporti tra Svizzera e Libia che si stanno facendo incandescenti. Come si sa un figlio di Gheddafi, Hannibal, è stato arrestato a Ginevra per aver preso a pugni una domestica. Per ripicca Gheddafi ha messo in prigione due imprenditori svizzeri, incoraggiando il suo popolo a boicottare i prodotti del Paese nemico. E ora, che fare? Usare la voce dura? O assecondare le stravaganze del dittatore nordafricano? Si discute sull'utilità dell'uso del preservativo da proporre alle scuole medie. C'è chi dice che sarebbe un incentivo al sesso precoce, chi invece sostiene che, vista la quantità crescente di giovanissimi malati di AIDS, sarà bene prevenire.

Altre discussioni riguardano il problema dei fondi neri provenienti da Paesi che non riescono a controllare l'uscita dei soldi sporchi. C'è chi accusa le banche private di avere sempre chiuso gli occhi. In effetti le leggi per il controllo del denaro in entrata ci sono, ma vengono spesso aggirate. Renderle più severe e rigorose? E che fare del segreto bancario? Paradossalmente il segreto bancario, da molti visto come un fatto immorale, costituisce una garanzia di pace per un Paese piccolo e orgoglioso che ha sempre evitato le guerre, le invasioni e le aggressioni anche e proprio perché considerato la banca del mondo.

Ma le critiche vengono giù dure e nessuno si sogna di censurarle. Fra l'altro ci sarebbe da imparare dal modo in cui gli svizzeri affrontano la globalizzazione culturale. La lunga pratica del plurilinguismo li porta oggi all'avanguardia in un mondo che si interroga spaventato su come affrontare l'improvvisa presenza di altre lingue e altre culture nella vita del proprio Paese. Loro sanno, e lo dimostrano tutti i giorni, che la convivenza fra lingue diverse nello stesso Paese è possibile, che si possono professare religioni differenti senza per questo perdere la propria identità, anzi rispettando e alimentando le disuguaglianze che sono tante e sempre fonte di ricchezza.

9 marzo 2010

USA: conquista della stima di sé

Le ideologie e i partiti sono in un momento di grande impopolarità. Ogni teorizzazione, ogni sguardo sistematico sul futuro è visto con sospetto. Le ragioni le conosciamo e sono storiche. Alla fine di ogni ubriacatura si giura a se stessi di non bere più. E certamente c'è stata una ubriacatura di utopie negli ultimi decenni. Non è tempo di bandiere tirate su da mani idealiste. Al loro posto vediamo spuntare, sinistre, le teste pelate con la croce uncinata disegnata sopra. Anche quelle mani che venivano chiamate "gentili" perché pronte alla carezza e alla cura del malato hanno rinunciato a issare bandiere. E c'è subito qualcuno che stabilisce: le donne sono stufe di lavorare fuori casa, tornano alla famiglia. Qualcun altro chiede: e laggiù come va?

Laggiù oltre l'oceano, lì dove nascono i grandi modelli di modernità, lì dove si girano i film più discussi, si stampano i libri più letti, i dischi più ascoltati. Siamo abituati a guardare a "mamma America" per indicazioni sul futuro. Se negli Stati delle stelle e delle strisce si fa così, si farà lo stesso da noi fra qualche anno. Questo nonostante i luoghi comuni scambiati durante le cene in trattoria che definiscono gli americani "bambini mai cresciuti che non sanno vestirsi e non sanno fare l'amore". Succede che ci vengano a dire che in America il femminismo è morto. "Ora le donne tornano a casa..." "Le donne divorziano dal femminismo" hanno scritto i quotidiani citando un sondaggio del "Times". "Il 54% delle intervistate dichiara che il movimento delle donne non ha portato a nessun miglioramento nella propria vita, mentre una su due ritiene che non interpreti le esigenze delle donne e una su tre che non ci sia più bisogno di una forte organizzazione."

Nelle mie frequenti visite negli Stati Uniti, mi è capitato di incontrare tante donne che hanno, sì, ammainato le bandiere, ma non per chiudersi in casa, bensì per dedicarsi con entusiasmo ad una nuova praxis che combina la curiosità studiosa ad uno spirito da "tiriamoci su le maniche e diamo una mano". Così succede che ogni piccola città abbia il suo centro per le donne picchiate, i suoi gruppi di solidarietà economica per le più diseredate, le sue organizzazioni (sempre private) per il sostegno alle donne sole. Un libro come *Donne che amano troppo* della Norwood non sarebbe nato senza la presenza dei vari gruppi di sostegno alle "donne infermiere e complici", alle "madri bistrattate", alle "donne che amano troppo" appunto, eccetera...

Certo le società anglosassoni hanno sempre avuto una tradizione di organismi di solidarietà sociale. Qualcuno dice che esse adempiono a quelle funzioni che da noi sono affidate alla famiglia, di solidarietà, di sostegno, di affetto e naturalmente del controllo che ne segue. Più spesso mi sono trovata a frequentare le Women's Studies sparse per tutte le università degli Stati stellati. Lì veramente la praxis diventa esperimento del pensiero e scoperta di nuovi stili di vita. Attraverso l'approfondimento delle modalità della discriminazione si tracciano nuove strategie di interpretazione e di reazione ad essa. Alcune delle più importanti riflessioni sul rapporto storico delle donne con la violenza, con la maternità, con l'amicizia, con l'amore, con la morte, con il desiderio, vengono proprio da questi angoli di università dove gruppi di donne spiano il passato per capire meglio il presente. L'Italia è uno dei campi di studio più frequentati, con le sue mistiche, le sue cortigiane scrittrici. Il disarmo del femminismo quindi in America a quanto mi risulta c'è, senz'altro, ma non mi sembra che vada letto come una rinuncia all'azione, bensì come una occasione per dedicarsi alle nuove pratiche dell'intelligenza e della solidarietà. Pratiche accompagnate, certo, da quella rafforzata "stima di sé" di cui parla la Steinem, ma anche dalla conoscenza capillare del proprio doppio storico.

7 marzo 1992

IL DIO LAVORO

Giappone del dio lavoro

Tomohiro Kato, 25 anni, in preda a raptus, ha ucciso con un coltello 7 persone e ferito altri 10 passanti nel quartiere Akihabara di Tokyo.

Tokyo è una città civile, pulita, in cui miracolosamente milioni di persone corrono, entrano ed escono dagli uffici, scendono a fiumi nelle metropolitane e ne escono ordinatamente, senza urtarsi, senza litigare, con un senso di civile convivenza. Un miracolo per una città di tredici milioni di abitanti.

Proprio per questo ci si stupisce dell'improvvisa ribellione di un uomo che, forse temendo di perdere il lavoro, prende a uccidere chi gli capita a tiro. Come ci si stupisce quando in un campus americano tutto giardini e prati ben tenuti, scoppia il caos provocato da un pistolero minorenne che uccide i suoi coetanei.

A Tokyo la gente lavora tanto. Non è raro vedere le luci degli uffici accese fino a notte fonda e scorgere al di là dei vetri le teste chine sulle scrivanie. Ho letto di recente sull'"Asahi Shimbun", di un uomo morto di troppo lavoro. Sono i medici a dichiararlo. Un impiegato che, a detta della moglie, non prendeva un giorno di riposo da quindici anni, faceva straordinari ogni giorno, tanto da dedicare giornalmente al lavoro qualcosa come sedici ore su ventiquattro. Una mattina l'hanno trovato morto con la testa appoggiata sul tavolo, nell'ufficio vuoto. Un popolo che fa del lavoro una religione laica e tirannica, come affronta il problema della disoccupazione? Sono fenomeni nuovi a cui gli studiosissimi studenti giapponesi non sono preparati. Da qui il colpo di scena, il gesto di una disperazione esibita. Non lontana da quella di Mishima che si taglia la pancia con la spada e poi si fa decapitare da un amico, come vuole la legge degli antichi samurai. Lo scrittore però ha messo se stesso al centro della scena di esecuzione e si è punito di esistere con eroica ostentazione. Il disoccupato di oggi invece ha preso di mira gli altri. Qui sta il significato di una decadenza e il mistero di una ribellione priva di dignità. Perfino i gesti di estrema protesta sono cambiati nel Paese della lealtà e della cortesia. Si uccide come nei film americani, contro il mondo, contro i propri compagni di studio, di lavoro, contro i propri familiari. In un moto crudele che non sa più distinguere fra sé e gli altri.

Il suicidio-omicidio, reso quasi intercambiabile, è il segno di un tempo malato che non sa riconoscere l'altro.

9 giugno 2008

Il minaccioso progresso e il mite Tibet

"Dobbiamo trasformare il buddismo tibetano. Tutte quelle leggi religiose e i loro rituali debbono adeguarsi alle necessità dello sviluppo e della stabilità del Tibet, uniformandosi a una moderna società socialista. Basta con la costruzione di monasteri e con il reclutamento di monaci e suore! Ci sono delle priorità da rispettare." Queste le direttive del programma di Educazione patriottica, nate dal Forum del Lavoro in Cina nel 1994 e portate avanti in anni successivi con testarda costanza. "Crediamo che le politiche per lo sviluppo ambientale possano essere condivise sia dalla Regione autonoma Tibetana che da quella di Pechino." Ma l'amministrazione tibetana, si sa, decide secondo i voleri di Pechino che considera il Tibet un territorio della grande Cina da sviluppare.

Con questa filosofia il lago sacro Megoe, antico luogo di pellegrinaggio, viene oggi minacciato di distruzione, per far posto a una enorme diga che porterà elettricità soprattutto alle industrie cinesi del bacino del Sichuan, assetato di energia elettrica. I tibetani protestano, ma ogni opposizione viene presa come attentato al futuro della nazione. «L'industrializzazione forzata non può che costituire un bene per lo sviluppo del Tibet» dicono i dirigenti della grande Cina, che tutti ammiriamo per le sue capacità di lavoro e di sacrificio. «La smania di costruire monasteri, di insegnare la religione ai giovani rappresenta un pericolo oscurantista. Il futuro è nelle macchine, nel cemento, nella trasformazione del suolo in coltivazioni intensive.»

Curioso: questo suona al nostro orecchio come qualcosa di già sentito e già vissuto. Sono parole e pensieri di cui conosciamo le terribili conseguenze: villaggi trasformati in orrende periferie che portano criminalità, inquinamento, disadattamento giovanile e sfruttamento. Il divario fra ricchi e poveri che si fa sempre più minaccioso. Il paesaggio devastato, i fiumi deviati, l'obbligo della monocoltura, le tradizioni calpestate, l'asservimento alle industrie più potenti.

Nell'euforico e coatto mito del progresso il Tibet, povero e senza armi, punta sulla sua forza più profonda: la religione. Per questo i suoi monaci di prestigio, compreso il Dalai Lama, girano oggi il mondo cercando alleati. Per questo la Cina diffida di ogni religioso che raggiunge i conventi degli altipiani. Per questo il governo di Pechino è scelleratamente allineato dalla parte del regime militare birmano. Oggi il governo cinese minaccia di prendersela con i politici europei che riceveranno il Dalai Lama. Usano la parola "cricca" ricordando il linguaggio maoista: «La cricca del Dalai Lama nasconde sotto la sua faccia religiosa una volontà perversa di distinzione». E cosa ci sarebbe di male a distinguersi? Ma in un regime che si autodefinisce comunista la voglia di distinzione e di indipendenza è vista come minaccia alla stabilità dell'intero Paese.

Non voglio nemmeno citare le notizie di torture nelle prigioni, di monaci costretti ad abiurare o forzati ad espatriare, di cui scrivono Amnesty e altre organizzazioni internazionali. Vorrei ricordare ai nostri governanti che oltre alle politiche di interesse, esistono atti di coraggio che agiscono sull'immaginario simbolico e sono importanti per la politica internazionale.

4 dicembre 2007

Paura ad Addis Abeba

Addis Abeba. Sono entrata in un negozio vicino a Meskel Square per comprarmi un pigiama, avendo dimenticato il mio a casa. Improvvisamente, mentre il commesso mi mostrava un povero indumento di marca cinese che non costava nemmeno trecento birr, ho sentito un gran trambusto sulla strada. Ho alzato gli occhi e ho visto che la gente correva gridando, urtandosi. Subito gli inservienti del negozio hanno cominciato a incastrare gli scuri negli alvei delle vetrine. Il proprietario intanto chiudeva le porte senza preoccuparsi di chi restava fuori e chi dentro. Stavo per rimanere prigioniera del negozio, chissà per quanto tempo. Ho chiesto cosa stesse succedendo, ma nessuno sembrava avere voglia di rispondermi. Improvvisamente si sono sentiti degli spari e allora ho capito che dovevo correre anch'io. Ho cercato con gli occhi l'autista della Scuola italiana, che mi aspettava fuori e ho visto che mi faceva segni precipitosi perché lo raggiungessi in fretta. Ho lasciato il pigiama e sono sgusciata fuori dalla porta semichiusa, giusto in tempo prima che tutte le serrande dei negozi di Addis Abeba fossero sprangate. L'autista, veloce e abile, superando gli autobus fermi da cui la gente scappava a piedi nascondendosi nei vicoli, salendo sui marciapiedi, e prendendo a pelo le curve, mi ha riportata sana e salva alla Scuola italiana.

Il direttore dell'Istituto, Emiliano Longhi, premuroso come sempre, cercava di rassicurarmi: «Stanno sparando, ma verso l'università. Qui non c'è pericolo». È stato difficile capire cosa stesse accadendo. Quando ci si trova in mezzo al trambusto, tutte le voci confuse sembrano possibili. I giornali etiopici poi tendevano a minimizzare. Niente di cui preoccuparsi: una piccola dimostrazione studentesca a cui la polizia ha reagito sparando per aria. Nessun morto o ferito da segnalare. Invece su un giornale di lingua inglese sono apparsi grandi titoli: Venti morti all'università, la polizia ha sparato sulla folla, centinaia di feriti, cinquecento gli arrestati. Ma cosa era successo e perché? Gli studenti accusavano il governo di brogli elettorali, l'abbiamo letto sul "Corriere della Sera", via Internet. In effetti, come mi hanno spiegato dopo, il 15 maggio 2005 in Etiopia si sono svolte le prime elezioni libere della sua storia, promesse dal capo di governo Meles Zenawi quando aveva cacciato il dittatore Menghistu. I primi risultati sembra abbiano visto il governo in carica manifestamente in perdita. Ma, nonostante ciò, i giornali governativi sostenevano che aveva vinto e questo ha messo in allarme gli studenti che qui, per tradizione, sono all'avanguardia della protesta politica.

Hanno cominciato con uno sciopero della fame e poi sono passati alle manifestazioni di strada. Ma sempre pacifiche, senza armi. La polizia ha risposto sparando per aria e poi, al primo lancio di pietre, tirando direttamente sulla folla, uccidendo una trentina di studenti e ferendone centinaia. Solo il giorno dopo abbiamo saputo che molti di questi morti portavano il segno di un colpo alla testa, come una sentenza di morte decisa a freddo sul campo.

L'inviato del "manifesto", Emilio Manfredi, che era andato negli ospedali a parlare con i feriti, è stato fermato (e poi rilasciato). Con lui due fotografi della Associated Press. I diplomatici occidentali con alla testa il nostro ambasciatore, Guido La Tella, come hanno raccontato i giornali europei, si sono messi all'opera per evitare altri spargimenti di sangue. "La transizione dell'Etiopia verso la democrazia è considerata un test per tutta l'Africa" ha scritto Massimo Alberizzi, esperto di fatti africani.

Il giorno dopo, pensavo di poter tornare a prendere il mio pigiama, ma non avevo fatto i conti con una città improvvisamente trasformata in deserto. Tutti i negozi erano chiusi, i pullmini che di solito corrono sfrenati su e giù per le vie cariche di smog, erano fermi lungo i marciapiedi. I ristoranti sprangati, i taxi infrattati. Solo qualche macchina privata e qualche autobus pubblico giravano semivuoti. Per fortuna che i miei incontri con gli studenti della Scuola italiana li avevo conclusi nei giorni precedenti. I ragazzi che imparano italiano sono tanti e tutti molto motivati: gli insegnanti si prodigano generosamente. Proprio mentre scoppiavano i disordini, stavano preparando uno spettacolo teatrale che doveva essere rappresentato nel teatro della scuola. Purtroppo ha dovuto essere rimandato ad un momento più propizio.

I giorni seguenti per noi dovevano essere dedicati al museo, alla visita delle chiese sotterranee, dei siti archeologici. E invece siamo rimasti chiusi nella foresteria dell'Istituto di cultura, dentro l'ampio spazio ben protetto della Scuola italiana, cintata da fili spinati, sbarrata da cancelli elettrici e guardie armate. Una mattina abbiamo sentito gli spari molto vicini alla Scuola. Il direttore ha dovuto decidere di chiudere le lezioni due giorni in anticipo sulla data stabilita. Alcuni professori arrivavano stravolti: «Stanno sparando sugli studenti, abbiamo visto feriti e morti, cosa possiamo fare? Lo scriva lei che può. È una cosa mostruosa!». Che fare mentre in città si spara e la gente muore per difendere una parvenza di libertà nuova? È talmente fragile in Africa la democrazia, quasi un bambino che non si regge ancora in piedi. Ma pure il bambino sta crescendo e molti pensano che ce la farà a diventare adulto. Ma quanto ci vorrà e come aiutare questa crescita? È una domanda che viene spontanea e molti se la pongono, soprattutto in casi come questi in cui la legalità viene calpestata e la repressione diventa sanguinosa.

Cosa si può inventare per aiutare un continente che perde le sue migliori energie in guerre fratricide, mentre la distanza fra ricchi e poveri si fa sempre più grande e sconvolgente? La città di Addis Abeba è un esempio di ciò che accade altrove in tutta l'Africa nera: dall'Europa che viene chiamata la munifica vengono rovesciati sul suolo africano milioni di euro. Ma non si sa come, non si sa perché, questi soldi non sortiscono l'effetto voluto. O si perdono, nel migliore dei casi, dentro i meandri di una burocrazia che mangia se stessa, oppure se ne vanno in armi, di cui sembra che le classi dirigenti non siano mai sazie. Eppure l'Etiopia ha una storia a parte rispetto a tanti altri Paesi africani. Una storia antica, che si rifà ad una tradizione cristiana di origine copta. Secondo il mito discende dalla grande regina di Saba, che andò a Gerusalemme a trovare re Salomone, da lui ebbe un figlio che portò in Etiopia l'Arca famosa.

La nuova Cooperazione italiana punta oggi soprattutto sugli aiuti mirati, sulla costruzione di ospedali e scuole, sul microprestito agevolato. Ma se poi questi ospedali e queste scuole vengono costruiti da ditte europee, con personale europeo e materiale europeo, lasciando agli etiopi solo la manodopera che naturalmente viene pagata a prezzo bassissimo, certamente si è fatto del bene ma non si è aiutata la crescita economica del Paese. Fra l'altro quasi tutti i Paesi africani sono indebitati verso l'Occidente e i debiti crescono di anno in anno. Ad arricchirsi alla fine sono soprattutto le banche. Anche a questo si è pensato, e papa Wojtyla a suo tempo ha dato una mano chiedendo la remissione di molti dei giganteschi debiti che appesantiscono l'economia disastrata dei Paesi sottosviluppati. "In questo 2005" spiega Fareed Zakaria in un articolo su "Newsweek" "gli otto Paesi più ricchi del mondo hanno cancellato quaranta miliardi di dollari di debiti africani." Ma niente sembra sufficiente ad alleviare l'estrema indigenza di Paesi come l'Etiopia, il Kenya, il Sudan. Per rendersene conto basta allontanarsi per un momento dai quartieri residenziali, abitati in prevalenza da occidentali, lasciarsi alle spalle ville con le piscine azzurre, prati sempre ben pettinati, ampie stanze tenute pulite da uno stuolo di camerieri e cameriere, giardini dove bambini biondi giocano difesi giorno e notte da alti recinti, guardie armate, cani feroci, occhi elettronici che segnalano la presenza di ogni estraneo. «Irrompono in quattro, in cinque, con le mitragliette e ti portano via tutto quello che hai. Se ti va bene, si limitano a spogliarti, se ti va male ti ammazzano. La vita conta poco da queste parti.»

Basta camminare a piedi – qui gli occidentali corrono sempre in macchina ed evitano di fermarsi perfino davanti ai loro garage se non c'è una guardia pronta col fucile – per sentirsi immersi in tutt'altra realtà. Se si cammina, come dicevo, lungo le stradine laterali, si sente che l'asfalto sotto i piedi si trasforma prima in una groviera dai buchi pieni d'acqua, e poi in terra battuta cosparsa di immondizie. Lo scolo delle fogne scorre puzzolente lungo le case, che non sono mai veramente case ma capanne fatte di mattoni crudi seccati al sole, coperti da una lastra di lamiera. Dentro ogni stanza vivono in cinque, in dieci. Non dispongono di acqua corrente e spesso neanche di luce. La notte le famiglie numerose srotolano i cartoni sul pavimento: i più fortunati dispongono di una coperta o di un materassino di gommapiuma. Gli altri si accontentano di due strati di stracci.

«Non c'è da stupirsi poi se qui regna la prostituzione infantile, il traffico di ogni tipo di droga, l'assassinio facile.» Questo ce lo dirà qualche giorno dopo il padre comboniano Daniele Moschetti, portandoci a visitare il terribile quartiere di Korogocho, alla periferia di Nairobi, costruito dentro una enorme discarica. «Quando bruciano le immondizie, siamo inondati da fumi alla diossina.» Padre Daniele gira in maglietta bianca e sandali di plastica. Ha un sorriso dolce, le mani robuste sempre in moto per preparare medicine, stringere mani, sollevare bambini che si rotolano per terra, preparare un tè, offrire un biscotto. Elio Traina, il direttore dell'Istituto italiano di cultura di Nairobi, ci porta da lui. «Bisogna conoscere cosa si nasconde dietro la città del turismo» dice movendo appena le labbra da cui pende eternamente una sigaretta accesa. Ci inoltriamo tra due ali di miserabili negozietti fatti di pezzi di plastica legati insieme con lo spago. Su dei sudici legni malamente inchiodati sono esibiti brandelli di carne per poverissimi: interiora di pecora, testine di vitello, zampe di gallina, piccoli pesci coperti di mosche. E poi, accanto, dentro cesti scuri: bulbi di topinambur, pannocchie di granoturco, sacchetti polverosi di zucchero e di tè che pochi si possono permettere.

Dentro questo quartiere-discarica i Comboniani hanno costruito una scuola in cui raccolgono i bambini di strada dando loro da mangiare e da bere, insegnando la geografia, la storia. Di solito i bianchi non si avventurano dalle parti di questi quartieri mefitici. Padre Daniele ci vive e in una casupola non molto più accogliente delle altre, in modo semplice e modesto e questo li ha conquistati. Oggi gli abitanti di Korogocho lo salutano con affetto, gli corrono dietro per esporgli qualche problema, scendono dalla bicicletta per stringergli la mano. Eppure in questo quartiere regna la malavita. Spesso si spara. Molti bambini spariscono e non si sa dove finiscono. Ma padre Daniele, che ha preso il posto del notissimo e amato Alex Zanotelli, non demorde. La sua scuola ospita anche insegnanti musulmani o cristiani copti, senza fare differenze di fede.

Di mattina le città africane si mettono in moto presto. Le strade si riempiono di pullmini che trasportano i più abbienti, coloro che hanno di che pagarsi un abbonamento da pochi soldi. Gli altri si fanno a piedi anche otto, dieci chilometri, per raggiungere il posto di lavoro. Gli africani camminano, camminano tanto. E non è solo povertà la loro ma un rapporto speciale che hanno con la terra. E questo gran camminare li rende esili, eleganti sempre, anche quando vestono di stracci. Un incantesimo ottico ce li fa vedere di lontano come se sbucassero dal suolo, assieme ai banani dalle foglie frangiate, ai manghi dai grandi tronchi scuri. Quando viene la sera e si incamminano verso le loro case, si confondono con l'orizzonte rosato e spariscono poeticamente nella leggera foschia tropicale.

Solo alcuni diventano ricchi, mettono su dei corpaccioni colossali, si fanno l'automobile lussuosa da cui non scendono neanche per fare due passi a piedi, lasciano i quartieri dagli scoli a cielo aperto e si rifugiano in villette pretenziose con tanto di giardino recintato e vigilato giorno e notte.

La distanza fra ricchi e poveri si fa sempre più evidente, ma non succede solo qui. In tutto il mondo la globalizzazione ha portato questa spaccatura che si sta pericolosamente allargando. Ciò non può che provocare rabbie sociali, frustrazioni, esplosioni di odio di classe, paure e aggressività che vengono tenute a freno solo con la minaccia delle armi. I bambini giocano e ridono come tutti i bambini del mondo. Ma spesso hanno il ventre gonfio di parassiti, hanno gli occhi resi opachi dal tracoma. «Ne muore uno su tre» racconta un medico coraggioso, Aldo Morrone del San Gallicano di Roma (che in seguito è divenuto direttore dell'Istituto Nazionale per la promozione della salute delle popolazioni migranti) che viene ogni due mesi a operare gratuitamente questi bambini. «Molti se li porta via l'AIDS. C'è un gran ritorno della tubercolosi, anche quella che prende la pelle, la malaria è tutt'altro che domata. C'è il colera, la meningite, perfino la lebbra che sembrava una cosa d'altri tempi e invece continua a fare vittime.»

Le Missioni fanno molto e in situazioni difficili. La Cooperazione prova a rimboccarsi le maniche. C'è orgoglio per l'ospedale di Asella ricostruito dagli italiani alla fine degli anni Ottanta. «Un ospedale che ha un bacino di utenza di tre milioni di persone, con oltre cinquantamila visite all'anno» dice Andrea Senatori, direttore della Cooperazione italiana in Africa. Ma in un Paese in cui la mortalità infantile è del 97 per mille e c'è un medico solo ogni ventottomila abitanti, in cui il tasso di analfabetismo è del 67% (74% donne e 61% uomini), solo 24 persone su cento hanno accesso all'acqua potabile e il 12% ai servizi igienici, le tante iniziative, pur generose, sono gocce in un mare di miseria endemica che niente sembra poter alleviare.

Quale il rimedio? Se lo chiedono in tanti. Il Center for Global Development, per esempio, è sicuro che il solo modo di spendere bene i soldi per l'Africa è di farlo: "fuori dall'Africa, puntando tutto sulla ricerca medica. Il solo modo per aiutare gli africani più poveri è trovare al più presto medicine che curino l'AIDS e la malaria". Altri, come Trevor Manuel, ministro sudafricano, o come Kwadwo Baah Wiredu, storico ganese, sostengono che fino a quando tutti gli africani non disporranno di case decenti, con l'acqua e la luce e le fogne che scorrono sotterranee, "*international aid will not fix anything*" (gli aiuti internazionali non serviranno a niente).

Eppure qualche buona notizia c'è, ed è sempre Fareed Zakaria che ce la dà: "Negli ultimi dieci anni, sedici Paesi africani hanno avuto una crescita del 4%. E questa sembra che sia la prima volta che succede". Altri, soprattutto economisti africani, sostengono che il segreto dello sviluppo sta nell'esportazione. "Solo le grosse compagnie agricole internazionali vengono aiutate dai Paesi forti, impedendo a milioni di Paesi poveri di partecipare al mercato delle merci agricole." Eppure l'Africa ha ottime coltivazioni di frutta, di cacao, di caffè, di cotone. "Se l'Africa guadagnasse l'1% in più dall'esportazione all'estero, si procurerebbe cinque volte quello che riceve dai Paesi ricchi come aiuti in denaro." I microprestiti starebbero lì per questo, per aiutare le piccole industrie agricole a organizzarsi per l'esportazione.

Ma un viaggio su quella che in Kenya viene chiamata "strada italiana", da Nakuru a Nairobi, fa capire che una cosa è costruire e un'altra cosa è mantenere. Una strada asfaltata e sfasciata da buche e voragini spaventose è peggio che una strada di terra liscia e scorrevole. E che venga chiamata "strada italiana" è simbolico della difficile arte di conciliare la beneficenza con la difesa dei propri interessi.

Infine, dopo aver fatto il mio dovere letterario, dopo aver letto e raccontato poeti come Leopardi e Pascoli, Pasolini, Montale e Alda Merini, che per l'occasione e su una geniale idea di Elio Traina sono stati tradotti in swahili, letti da attori keniani e cantati da un musico italiano, Giuseppe Moretti, con molti sensi di colpa, ma sapendo di contribuire alla più grande industria africana che è il turismo, vado a visitare un parco, il Samburu National Park.

Passo due giorni dentro una tenda spaziosa, in riva ad un fiume color ruggine, osservando mandrie di elefanti che con calma commovente scendono lungo le rive a bere e a lavarsi. Alle cinque di mattina una jeep sgangherata senza sportelli ci porta traballando su stradine di sabbia rossa. Qui non è l'animale in gabbia ma l'uomo. Che sfoga il suo bisogno di catturare l'esotico attraverso la macchina fotografica. Alla fine di una giornata assolata e bellissima mi viene da notare che, mentre tutti gli animali non hanno fatto che guardarci – dagli impala ai dik dik, dalla zebra alla giraffa, dal bufalo al rinoceronte – il solo che non ci ha degnati di uno sguardo è il leone. Anche quando è stato circondato da tre automobili piene di turisti abbracciati alle loro macchine fotografiche, ha sbadigliato contemplando il vuoto. Con un palese disprezzo verso la razza umana che è sguaiata, maleducata, tronfia e si crede tanto importante, non conosce il silenzio delle savane ma pretende di immagazzinare la bellezza arcaica dentro piccole immagini di un sogno urbano.

Forse il savio leone sa che la sua razza sta scomparendo, cacciata dai fumi degli incendi, dalla plastica, dal cemento, dal taglio degli alberi e dall'invadenza umana. Ma non sembra darci molta importanza. La sua tranquillità regale è perfetta e in quanto tale già metafisica e quindi eterna. La sera, mentre spazzolo la camicia pregna di polvere rossa, scorgo sullo sterrato davanti alla tenda una scimmietta argentea dai grandi occhi bruni che mi guarda con attenzione. Non fa niente, se ne sta immobile, seduta sulla lunga coda arrotolata, a osservare. Al contrario del leone, vuole capire e imitare. È buffa e umanissima. Mi sembra di comprendere la sua curiosità quasi pettegola che appartiene alla categoria della logica. È la curiosità scimmiesca che ci ha portato dallo stato animale alla posizione eretta, la curiosità da cui sono nate la scienza e la cultura, la curiosità che ci ha resi tanto ardimentosi e pronti a rischiare per esplorare l'universo e il futuro, ma ci ha dato anche tanta stupida arroganza e presunzione.

Chissà se prenderemo la strada del leone che non sa più guardare perché preso da una poetica cecità di decadenza o continueremo su quella della scimmia che osserva e capta, mettendo in moto il suo tangibile ingegno di sopravvivenza.

26 giugno 2005

La Somalia sta morendo

«Il nostro villaggio viveva di agricoltura» racconta Nurya Yusuf Ahmed «ma dopo la siccità degli ultimi quattro anni, abbiamo terminato le nostre riserve di grano. Non avevamo più niente né da seminare né da mangiare.»

Per questo Nurya e la sua famiglia abbandonano il villaggio di Lahello in Somalia e percorrono a piedi centoquindici chilometri per raggiungere uno dei campi di accoglienza statali che si trovano vicino a Wajid, nel Sud del Paese.

«Abbiamo lasciato nel villaggio tutti i nostri averi, e come trasportarli d'altronde? Ci siamo portati dietro solo qualche recipiente d'acqua per il viaggio. Anche i nostri vicini e i vicini dei vicini se ne sono andati, con tutti gli animali. Ora il villaggio è completamente vuoto.» Ma la vita nel campo si dimostra durissima. «Per guadagnare qualche soldo, raccogliamo legna dalla mattina alle cinque fino a sera, la trasportiamo al mercato lontano sei chilometri per venderla. Mangiamo solo una volta al giorno. Spesso mio marito ed io saltiamo l'unico pasto, per lasciare qualcosa ai bambini.» Ora però anche l'acqua dalle parti di Wajid sta finendo. Ogni giorno nascono liti per spartirsi quel poco che serve per bere e cucinare. La fonte più vicina si trova a venticinque chilometri dal campo e ogni due giorni Nurya deve andare e venire dalla sorgente per procurarsi l'acqua per lavare i panni.

Secondo le stime del Food Security Analysis Unit (FSAU) dell'ONU, un milione e quattrocentomila persone hanno bisogno urgente di assistenza umanitaria in Somalia. Il livello di malnutrizione è uno dei più alti in tutta l'Africa. La gente emigra cercando acqua e cibo. Ci sono donne con bambini legati sulla schiena che si fanno fino a settantacinque chilometri a piedi per trovare qualcosa da mangiare. La percentuale di mortalità natale è di 125 morti ogni mille abitanti e 212 bambini su mille muoiono entro i cinque anni. Le malattie più comuni sono la malaria, le infezioni respiratorie, le forme diarroiche e la tubercolosi. L'aspettativa di vita è di quarantotto anni.

Molte organizzazioni internazionali si sono mosse per portare aiuti, ma non basta. Inoltre da ultimo le associazioni ONG se ne stanno andando per mancanza di sicurezza. «L'anno scorso mezzo milione di somali aveva bisogno di assistenza immediata, oggi siamo arrivati a un milione e quattrocentomila persone da assistere su sei milioni e seicentomila abitanti.»

Le donne, in questa situazione disastrosa, sono le più attive, spiegano alla European Commission Strategy for the Implementation of Special Aid to Somalia. Sono le più pronte a spostarsi e ambientarsi anche in luoghi estranei e ostili. Sono loro che organizzano la vita di tutti i giorni: fanno il pane per la comunità, allestiscono piccoli mercati, vanno a prendere l'acqua, mettono in piedi minuscole scuole riparate magari solo dall'ombra di un albero. Ci vuole solamente un poco di immaginazione per capire le ragioni di chi emigra. Non servono studi superiori né particolari doti ma solo un poco di fantasia per capire che una donna come Nurya, appena può, si aggrappa alla prima promessa di evasione e parte, portandosi dietro anche i bambini, col rischio di finire tutti affogati. Nostro dovere è accoglierli, sapendo fra l'altro che la siccità africana non deriva dal capriccio di un dio maligno, ma deriva dalle nostre sciagurate scelte tecnologiche e ambientali che stanno producendo un catastrofico cambiamento della situazione climatica mondiale. Chiudere le porte non serve né a loro né a noi. Solo una accoglienza razionale e regolata può aiutarci. Per il momento si sentono invece soprattutto urla bellicose che nascono dal terrore della perdita di privilegi.

24 ottobre 2006

I colori di Tirana

Cosa sanno in genere gli italiani dell'Albania? A sentire i discorsi della gente in questi primi anni del nuovo millennio, poco. Tanti si soffermano sulle notizie di cronaca: gli albanesi non sono quelli che si buttano sulle nostre coste, disperati, portandosi dietro bambini anche piccoli? Non sono quelli che costringono le loro giovani donne a prostituirsi e le trattano con ferocia, uccidendole quando non stanno agli ordini degli sfruttatori?

Pochi sanno che il fenomeno dello scafismo è stato quasi del tutto sconfitto, grazie agli stessi albanesi che, dopo anni di disordine, hanno saputo prendere in mano il governo del Paese con piglio nuovo e coraggioso. Pochi sanno che in questi ultimi anni sono nati, in molte città, dei Centri donna che hanno come scopo la formazione di una cultura del rispetto verso il corpo femminile e che stanno avendo un grande successo. «È venuta qui l'ex ministra Livia Turco» mi racconta Diana Çuli, scrittrice e traduttrice raffinata. «Ci ha incoraggiati a creare un Centro donna, dandoci fiducia e soldi. Noi abbiamo cominciato, pensando di fallire in poco tempo. Al primo incontro a Scutari c'erano solo uomini e dopo le prime parole mi hanno minacciata di tagliarmi i capelli. Ne sono uscita ricordando loro i doveri di ospitalità. Ma solo pochi mesi dopo siamo riuscite a raccogliere attorno a noi decine di donne e in un anno abbiamo dovuto aprirne altri quattro di Centri donna, in altrettante città e ora siamo anche autosufficienti economicamente.»

Pochi sanno che a Tirana vivono e operano degli ottimi cineasti che, oltre a girare dei buoni film, stanno costruendo scuole di cinema per giovani autori e giovani attori. *Il Colonnello Bunker* di Kujtim Cashku è stato segnalato in una recente edizione del Festival di Venezia. E *Slogans* del regista Gjergj Xhuvani è stato proiettato con successo nelle cineteche parigine, dopo aver vinto il premio della critica a Cannes nel 2001. Finora sembra che siano stati apprezzati soprattutto dai francesi. Noi li ignoriamo stupidamente.

Pochi sanno che fra Tirana, Scutari e Valona, vivono e lavorano degli ottimi scrittori, anche loro pubblicati soprattutto in Francia e snobbati da noi o resi invisibili da un silenzio stampa che li mortifica e li ferisce.

Anche l'architettura sta mettendo rami e foglie, come un albero creduto morto. Ma poiché mancano i soldi, più che costruire nuove case si trova il modo di rinnovarle. Il sindaco di Tirana, Edi Rama, ha avuto una idea geniale: coprire il grigiore dell'architettura staliniana con vernici colorate. Oggi le case di Tirana spiccano contro il cielo terso con i loro blu pavone, rosso amaranto, giallo uovo, verde erba. Inoltre ha buttato giù le costruzioni abusive che ingombravano e soffocavano il fiume Lana e ha sistemato al loro posto dei prati scintillanti, cosparsi di alberi e fiori. Incredibile come una città malridotta e sgangherata possa risollevarsi grazie ai colori e alle piante.

Ismail Kadare, lo scrittore albanese più conosciuto nel mondo, che vive tra la Francia e Tirana, mi racconta dell'ignoranza che rende gli italiani così distratti nei riguardi degli artisti albanesi. «I miei libri sono tradotti dal francese, manca una vera attenzione verso la nostra lingua. Già la traduzione è una perdita per la ricchezza di una lingua scritta, figuriamoci quando si passa attraverso due traduzioni... si perde quasi tutto.»

La coraggiosa casa editrice Besa di Nardò, in provincia di Lecce, ha pubblicato alcuni scrittori albanesi, fra cui Aurel Plasari, Fatos Kongoli, Elvira Dones, ma la distribuzione è scarsa e l'attenzione della critica italiana quasi nulla. L'ambasciatore Bova, che è molto coinvolto in questo progetto di scambio culturale fra l'Italia e l'Albania, mi invita a pranzo con due giovani scrittori: Fatos Lubonja e Virgjil Muçi, che fa anche l'editore, ha gli occhi azzurri, il ciuffo sulla fronte, un sorriso dolce. Mi dice che ha pubblicato l'ultimo libro di Oriana Fallaci. Discutiamo sull'opportunità di un attacco indiscriminato contro il mondo islamico. Ma lui si dichiara innamorato della passionalità viscerale della Fallaci.

Fatos Lubonja, che ha pubblicato un libro sulle sue esperienze di prigionia presso l'editore Marcos y Marcos, invece dissente. «Ci sono tanti Islam come ci sono tanti Cristianesimi. L'idea del conflitto fra due civiltà non può che giovare ai fondamentalisti.» La discussione continua, appassionata, ma civile e amichevole. Fatos Lubonja mi racconta come in questo Paese i musulmani convivano pacificamente con i cristiani da secoli. Due anime che si sono anche combattute qualche volta nel passato, ma non hanno mai messo in dubbio l'appartenenza a una madre comune: questa piccola terra "delle grandi aquile", dall'animo suscettibile e orgoglioso. Più che la religione qui la nemica della libertà è stata la fede politica, la tirannica ideologia.

Il bel libro di Lubonja racconta nei dettagli la storia di diciassette anni di prigione.

Il regime staliniano è stato durissimo con gli intellettuali. Scrittori e poeti sono stati costretti al silenzio con censure severissime, persecuzioni, processi e anche fucilazioni. "Il carcere duro è stato per Visar Zhiti il luogo estremo per così dire della genesi della sua poesia" scrivono Ennio Grassi e Rosangela Sportelli in una bella antologia, *Poeti della terra d'Albania*, uscita in Italia per le edizioni In forma di parole. Spesso i poeti, non disponendo nemmeno di un foglio di carta e una matita, imparavano a memoria i propri versi per poi dettarli di nascosto a qualche compagno che aveva la fortuna di tornare libero. Con i poeti anche alcune raffinate poetesse, come Mimoza Ahmeti e Flutura Açka e Luljeta Lleshanaku: "Scusami papà, per questa poesia / che somiglia allo sbattere di una porta...".

Durante un incontro a Roma alla Casa della letteratura diretta da Maria Ida Gaeta, sulla poesia albanese mi sono chiesta: Possibile che tanti splendidi poeti siano del tutto sconosciuti da noi? "Ti ho creduto Naim" scrive Anton (Ndoc) Papleka, "e ho aspettato che venissero i giorni buoni. / Quando ero bambino mi hanno detto 'queste sono le difficoltà del dopoguerra!' / e io ho continuato ad aspettare. / Quando ero ragazzo mi hanno detto 'queste sono le difficoltà del blocco economico' / e io continuavo ad aspettare. / Quando mi sono sposato mi hanno detto 'queste sono le difficoltà della vita adulta' / e io ancora ho ripreso ad aspettare. / Quando i capelli sono imbiancati, mi hanno detto 'queste sono le difficoltà della transizione'. / E io ho ripreso ad aspettare, / sempre credendo che / un giorno sarebbero venuti i giorni buoni. / Mentre attendevo, con la mia atavica pazienza, / sono morto e mi hanno seppellito. / Considerando che avevo pazientato per tanto tempo / speravo dopo la morte di andare in paradiso, / dove avrei trovato i giorni buoni nell'oscurità della tomba / e lì continuo ad aspettare, con la mia atavica pazienza / i giorni buoni che dopo questi certamente verranno..."

L'Italia è amata in modo commovente dagli albanesi ma è anche criticata per la sua distanza, per il suo snobismo. E noi, con il tipico meccanismo dell'amore non riamato, facciamo gli accattoni con la Francia, con l'Inghilterra, senza accorgerci che abbiamo un vicino che ci ama, che crede in noi, che parla la nostra lingua, che vorrebbe approfondire le sue immense capacità con la nostra collaborazione.

In questo caso fra l'altro è difficile dire, come al solito, manca la volontà politica, perché le istituzioni italiane si sono mostrate generose e disponibili col vicino di casa. A Scutari l'Università di Firenze porta avanti vari progetti fra cui la ricostruzione del dipartimento di italianistica e la rimessa in opera del museo archeologico. Il teatro della città, intitolato al grande poeta Migjeni e chiuso da decenni, è stato riaperto nel 2002 e restituito alla città con il contributo della Regione Emilia-Romagna e il sostegno, tra gli altri, dell'Istituto italiano di cultura (con gli instancabili Attilio De Gasperis e Roberta Alberotanza che si prodigano con entusiasmo fra Scutari e Tirana...). Ora ci lavora, inviato e sostenuto dall'ATER dell'Emilia-Romagna, il regista Nanni Garella che nei mesi scorsi ha avuto un grande successo con una edizione albanese dei *Giganti della montagna*.

Certo i problemi restano e sono ancora molti: la povertà tecnologica, la scarsità di energia elettrica, il misero stato delle strade, l'abbandono decennale delle istituzioni, la mentalità arcaica di molte zone montagnose dove tuttora vige la legge del Kanun, il codice consuetudinario albanese per cui le offese si pagano col sangue, le donne sono considerate oggetti di scambio, la famiglia una entità chiusa e feroce. Ma si sente nell'aria una volontà sorprendente di uscire dalle contraddizioni che spossano gli animi, la voglia di liberarsi dai disastri del comunismo, dagli orrori di una dittatura durata tanti anni. Un Paese che si afferra per i capelli e si tira su coraggiosamente, nonostante l'arretratezza e gli sprechi, la corruzione e la criminalità organizzata. Un Paese che è stato salassato dall'emigrazione (ben cinquecentomila persone emigrate in Grecia negli ultimi anni, centoventimila in Italia e altrettanti clandestini che vivono in giro per l'Europa). Ma proprio questi emigrati hanno portato in patria nuove linfe, nuovo denaro, nuove esperienze che hanno aiutato l'Albania a maturare.

Sono le contraddizioni dei nostri giorni e riguardano tutti i Paesi dell'Est. L'Italia, per molti di questi Paesi costituisce un modello, un luogo di scambio, un luogo di apprendimento e di esperienze nuove. Ma noi facciamo finta di non saperlo e ci comportiamo con incosciente sufficienza. Ci conduciamo come se la nostra televisione fosse una piazzetta di provincia, presa in ostaggio da politici e giornalisti di scarsa cultura, per elogiarsi fra di loro. Senza fermarci a riflettere che tutti i giorni, milioni di persone imparano l'italiano attraverso il nostro stupidario quotidiano. È possibile comportarsi con tanta incoscienza?

30 ottobre 2002

I fantasmi di San Pietroburgo

Ogni volta che si visita un Paese lo si reinventa dentro la propria testa. Si ricostruiscono le strutture ottiche, i segni di riconoscimento, le atmosfere, perfino i sapori e gli odori, che rimarranno nel magazzino della nostra memoria, per poi, alla prossima visita, rimettere in discussione quei dati e integrarli e sostituirli con qualcosa di nuovo.

Per me la conoscenza dei Paesi passa prima di tutto attraverso i libri. Non saprei niente di Pietroburgo se non avessi letto Gogol' e Dostoevskij. Non saprei niente di Mosca se non avessi letto di Lenin e di Stalin e di un bellissimo sogno di redenzione finito stracciato e ferito, distrutto da una dittatura brutale e sanguinaria. Il turismo è il peggiore dei sistemi per farsi un'idea del mondo. Per il turista i luoghi tendono a farsi tutti accessibili attraverso risapute parole d'ordine, stazioni di un percorso prestabilito che conferma idee standardizzate e non rivela mai niente. Per questo evito le guide e i tragitti prestabiliti.

Eccomi a Mosca, con la traduzione in russo di un mio libro in mano, gli studenti che aspettano all'università. Sono tutt'altro che una turista, eppure tutto mi spinge a quel tipo di consumo di una città che tanta parte ha avuto nelle nostre fantasie storiche. Il turismo riesce col tempo a trasformare i fatti in immaginette: le statuette di Lenin sulle bancarelle, i modellini in miniatura dei grandi palazzi barocchi, le matriosche con la faccia di Gorbaciov, di Putin. Devo cacciare di nuovo il naso nei libri per ritrovare la gioia del viaggio.

Questa volta si tratta di un libro moderno dal titolo semplice *San Pietroburgo*. Scritto nel 1995 da Solomon Volkov, musicologo russo nato nel 1944 ed emigrato negli Stati Uniti, è un libro splendido che consiglierei a chiunque voglia conoscere meglio la Russia. Da noi è stato pubblicato dalla Mondadori nel 1998. Si tratta della storia della città di San Pietroburgo, ovvero Pietrogrado, ovvero Leningrado, raccontata con leggerezza e profondità da qualcuno che ama conoscere a fondo non solo la città di cui sviscera il passato, ma anche tutto il resto della Russia, la sua memoria lontana e quella più vicina. È la storia narrata da un non storico: un musicista che ha frequentato più gli anfratti dei teatri che le cattedre dell'università. La lettura diventa così una passeggiata sapiente accanto ad una guida attenta e spiritosa. Che racconta di Pietro il Grande come fosse un parente, di Anna Achmatova, di Block, di Šostakovič, di Balanchine, come fossero amici d'infanzia.

Volkov ci fa capire il destino speciale di una città nata per un superbo atto di volontà. Pietro il Grande odiava Mosca perché vi aveva visto morire ammazzati i suoi e decise di fondare una città nel luogo più inospitale, più malsano, più infido che si potesse immaginare, in mezzo agli acquitrini e alle zanzare. Una città che correva il pericolo di congelarsi ogni inverno e i cui palazzi rischiavano di sprofondare nel fango ogni estate. Eppure, quest'uomo alto due metri, dalle mani abilissime, che si piccava di lavorare il legno come un falegname, di sbalzare la pietra come un marmista, di cavare denti come un medico, riuscì nel suo intento. E costruì la sua città, contro tutti i pronostici sfavorevoli, anche se dovette pagare dei costi altissimi in vite umane e sacrifici per tutti.

Per cavare i denti pare che avesse una vera passione Pietro il Grande, tanto che i suoi cortigiani fuggivano come il vento appena si vedevano guardare con un poco di attenzione la bocca. Dopo la sua morte è stato trovato un sacco pieno di denti nella sua camera da letto. Poche città sono state tragicamente divise come San Pietroburgo: da una parte la ricca bellissima capitale delle visioni barocche di Rastrelli, dei palazzi sull'acqua, dei giardini all'occidentale e dall'altra la metropoli dei vicoli tortuosi e sudici, delle nebbie gelate, dei sottoscala in cui fiorivano deliri e progetti criminali. La Pietroburgo degli elegantissimi Romanov, dei grandi mercanti che importavano pianoforti e lini ricamati dall'Olanda, dell'intellighenzia decadente e francesizzata che si contrappone a quell'altra Pietroburgo degli umiliati e offesi di Dostoevskij, degli impiegatucci disperati e soli di Gogol', dei fantasmi miserabili di Belyi. Le due metà sembrano irriducibili. E i poeti, i pittori, i musicisti l'hanno vissuta o da una parte o dall'altra senza mai trovare una conciliazione, una via di mezzo.

Forse solo Anna Achmatova, suggerisce Volkov, riuscì in questa difficilissima impresa: umanizzare il mito negativo di una Pietroburgo nemica e ostile, brutale e gelata, senza per questo adularla o diventare vittima del trionfalismo imperiale o dell'ottimismo bolscevico. Forse per questo, commenta Volkov, con molta ammirata tenerezza, è una delle poche pietroburghesi che non abbia voluto trasferirsi all'estero quando molti altri prendevano la via dell'esilio. La Achmatova non ha mai veramente ceduto alle pressioni dei comunisti, come invece ha fatto suo marito, Gumilëv, che poi è stato fucilato su ordine di Stalin. La grande poetessa ha voluto rimanere nella sua casa di Pietroburgo condividendo gli orrori e le privazioni dei suoi concittadini. "Sopra le acque della Neva / io vivo / sotto il gelido sorriso / dell'imperatore Pietro" scrive la Achmatova. Non si capisce la Russia se non si sa quanto abbiano contato e contino i poeti per il suo popolo. Ed è curioso che proprio in America, il Paese da sempre nemico e avversario della Russia, si trovino oggi alcuni poeti russi più significativi, come il geniale Brodskij. I giovani russi, a quanto dice Volkov, lo leggono con attenzione.

13 dicembre 2000

La città di Borges

La città di Buenos Aires va incontro alla primavera in mezzo ai temporali, tra fulmini e grandinate. Le strade spazzate dal vento sono percorse da passanti frettolosi e imbacuccati. «Questo inverno non ci vuole lasciare» dice Antonio Leyda, che gestisce un grazioso teatro floreale dal nome cinematografico di Empire. All'ingresso due immensi vasi d'oro sorreggono due dolci e stilizzate palme finte; un affresco stile Novecento di una locomotiva in viaggio e poi all'interno, tende rosse logorate dall'uso, un palcoscenico ampio e profondo, una platea perfettamente ovale della capienza di trecento posti, un soffitto ondulato ellittico che raccoglie e rimanda con perfetta simmetria le voci degli attori.

Siamo nel pieno del festival teatrale ottobrino. Il teatro Empire ospita alcuni gruppi femminili: c'è la compagnia gallese diretta da una ragazza combattiva dai capelli ramati che fuma come una turca e racconta delle discriminazioni che ancora si fanno sentire anche in un Paese avanzato come il suo. C'è il gruppo norvegese fatto di quattro ragazze completamente calve che recitano senza parlare, muovendo con eleganza i loro corpi spigolosi in mezzo alle ombre proiettate da una lampada... Qualcuno mi parla di Borges che qui è amato come un cugino un poco capriccioso e sofisticato, difficile da capire ma onorato per il lustro che dà alla famiglia.

Uno dei direttori della Fondazione Borges, Fernando Florea, mi accompagna a prendere un tè nella accogliente libreria chiamata Opera prima. Sono contenta di potergli dire che durante un'altra vísita, verso la fine degli anni Ottanta, ho conosciuto Jorge Luis Borges al teatro Colón durante un incontro fra scrittori. Ricordo un fotografo che ci fece delle fotografie di gruppo e poi pretendeva di farsi pagare cento dollari da ciascuno per ogni scatto. Ricordo che, seduti sopra una scomoda panchina nel foyer del teatro, ci siamo messi a chiacchierare. E Borges, di punto in bianco, mi ha raccontato uno strano sogno che aveva fatto la notte precedente, di un gruppo di elefanti che in fila si dirigevano verso una minuscola casa di legno. Ricordo la sua voce discreta, quasi timorosa di imporsi, venata di striature umoristiche.

La sera, al teatro Empire, veniamo accolti da un pubblico attento e critico. Prudentia Molero col suo castigliano dalle inflessioni argentine rende il testo sulla monaca scrittrice (*Le ragioni di suor Juana*) più accessibile agli spettatori ignari dell'italiano. Giuseppe Moretti dà voce alle paure morbose e magniloquenti della Chiesa in tempi di carestia religiosa.

Il giorno dopo mentre passeggio per le strade vicine al Congresso mi imbatto in un manifestino incollato clandestinamente ad un muro nudo. Più avanti ne incontro degli altri, appiccicati in fretta alle porte delle case, perfino ai pali dei semafori. Sopra, stampata in nero, una indignata denuncia: Julio Simon, sottufficiale conosciuto come El Turco Julian al momento della legge di Obediencia, (grazie alla quale oggi è in libertà), è stato accusato di 58 delitti commessi durante la sua attività nei centri clandestini di detenzione dove ha praticato la tortura nei riguardi dei detenuti. Julio Simon ha partecipato a molti sequestri, fra i quali quello dell'invalido Gilimberto Ponac nella stazione di Ciudadol il 7 dicembre 1978, ed è profondamente antisemita. Julio Simon ha inoltre applicato per un intero pomeriggio una scarica di 220 Volts sulle tempie della sequestrata Giulia Zabala Rodriguez. Nel 1985 il Centro studi sociali (CELS) ha chiesto l'arresto del sottufficiale per l'omicidio di Mario Lerner avvenuto nel 1977. In quell'epoca Julio Simon è tornato a fare parte della polizia federale nel Commissariato di Paso de los Libres (Corrientes). Tutti questi crimini sono stati ampiamente denunciati sui giornali e non ci sono state smentite. Attualmente Julio Simon abita in via... E seguono l'indirizzo e il numero di telefono. Il manifesto è firmato dalla Associazione ex detenuti e desaparecidos di Buenos Aires.

Questo tipo di denunce fa capire cosa significhi per un Paese la mancanza di fiducia nella giustizia. I militari che hanno torturato e ucciso a migliaia i cittadini argentini nel triste decennio 1970-1980 oggi girano liberi per le città. L'elezione recentissima a giudice della madre di un desaparecido è un segnale della volontà popolare di fare giustizia se non nei riguardi di tutti i colpevoli, per lo meno di coloro che si sono macchiati dei crimini più odiosi. Gli argentini sono rimasti molto impressionati dal fatto che in Francia e in Spagna si stiano processando alcuni aguzzini che la giustizia argentina non ha voluto o potuto condannare. In nome dell'armonia sociale infatti è stata emanata una legge, chiamata di "obediencia debida" (obbedienza dovuta) che mandava liberi i peggiori criminali del breve e sanguinario regime di polizia con la giustificazione che avevano solo obbedito a degli ordini.

La mattina dopo la città si sveglia completamente rinata, sotto un sole sfolgorante. Dagli impermeabili si passa alle giacche leggere. Una signora molto gentile mi accompagna alla Dante Alighieri dove si conservano con struggente affetto gli antichi cimeli di visite illustri: una lettera di Garibaldi, uno scritto di Marconi, un ritratto di Mazzini. La Dante oggi è rimasto il solo posto dove si possono trovare libri in italiano. «Prima c'erano quattro, anche cinque librerie italiane, poi piano piano hanno chiuso tutte.»

«E come mai?» chiedo io, ma la risposta non è chiara. Forse la crisi, forse i punti di riferimento si sono spostati dalla vecchia Europa agli Stati Uniti. Non a caso in questi giorni gli spazzini puliscono freneticamente le strade: sta per arrivare Clinton a parlare d'affari. E Menem spera di farselo alleato contro la montante e popolare opposizione, oggi largamente rappresentata in Parlamento. Il severo e attivissimo direttore del nostro Istituto di cultura, Eustachio Porsia, conduce una abile politica di collaborazione fra i vari gruppi di emigrazione italiana finora troppo spesso in lite sterile fra di loro. Ma non posso partire da Buenos Aires senza una visita a due carissime persone: Esther Vázquez e suo marito, lo studioso e scrittore Horacio Armani, il quale ha pubblicato recentemente una antologia di poeti italiani che vanno da Montale a Pasolini. Esther è stata molto amica di Borges. Appese alle pareti della loro casa ci sono diverse fotografie che li ritraggono insieme, sorridenti, ancora giovani, con alle spalle una splendida Buenos Aires dai respiri fluviali.

Chiacchieriamo un poco di tutto, della letteratura italiana che loro conoscono meglio di me, degli scrittori che sembrano oggi molto affascinati dallo star system statunitense, di teatro, di cinema. I due ragazzi invecchiati della Buenos Aires letteraria rappresentano ciò che di meglio può dare questa città: due persone colte, profondamente impregnate di cultura classica, attente alle questioni del linguaggio, osservatori acuti della situazione politica, ma discreti e privi di velleità interventiste, amici della propria città e di altre città che in qualche modo si imparentino ad essa. Li saluto malvolentieri per ritornare nel traffico ossessivo di Buenos Aires.

Domani, dopo tanti giorni di teatro, conferenze e incontri, partiamo per tre giorni di vacanza in Patagonia. Un aereo ci porterà, con poche ore di volo, a Río Gallegos e da lì, in autobus, raggiungeremo El Calafate, un piccolo centro montano fatto di casupole di legno col tetto di bandone.

Qui fa freddo, nevica. Ci accoglie un albergo che è poco più di una baita di alta montagna. Con altre due ore di pull-mino raggiungiamo quello che ai nostri occhi appare come una delle sette meraviglie del mondo: l'immenso risplendente ghiacciaio Perito Moreno. Con un fronte di quasi cinque chilometri, irto di punte aguzze e di gobbe morbide, si spinge dentro il ventre di un lago cilestrino alla velocità di oltre un metro al giorno, provocando nei suoi movimenti piccole esplosioni di cristalli azzurri. Uno spettacolo straordinario che da solo vale il faticoso viaggio in aereo e in autobus. Sull'acqua galleggiano quelle che ad una prima vista appaiono come delle barche a vela. E poi, ad uno sguardo più attento, si rivelano essere delle isole di ghiaccio che scivolano silenziose fra le onde come dentro un sogno di mondi lontani: forse Venere, forse Saturno con i suoi anelli gelati. "Sento la paura della tua bellezza" potremmo dire con Borges "il nostro sguardo flagellato di mare cammina per il suo cielo / ultima spiaggia morbida, celeste argilla della sera."

8 dicembre 1997

USA e Giappone: la stessa ingiustizia

Il rituale della pena di morte si sta trasformando sempre di più in un ripugnante teatrino tecnologico. Lo Stato, come vergognandosi dell'azione irrazionale che si accinge a compiere sul corpo di un suo cittadino dedito al male, maschera il vuoto delle sue idee con l'efficienza tecnologica. Da qui la cura sempre più minuziosa degli ambienti, la creazione di una atmosfera rarefatta e sterilizzata, la disponibilità di medici e infermieri che si alternano intorno al corpo del condannato. Non siamo lontani da quei giudici arabi che continuano sì a tagliare le mani ai ladri o ad asportare la clitoride alle bambine, ma lo fanno con l'uso di anestetici e dei ferri chirurgici, dell'alcol e del filo da sutura. Come spesso avviene, la tecnologia viene chiamata per coprire le incertezze della coscienza politica. E così l'antica cerimonia della punizione pubblica si trasferisce significativamente dalle piazze alle lugubri ed efficienti sale dei sotterranei delle prigioni o degli ospedali.

Nel momento in cui si ribadisce la cieca attualità della pena la si nasconde, la si purifica con una serie di accorgimenti di apparente razionalità. Eppure, per quanto accurate siano queste cerimonie, non riescono a nascondere l'immobilismo etico della psicologia del potere, tenuta insieme da una macabra pretesa di continuità col passato. Ma in passato la divisione fra male e bene era molto più nitida e visibile, riconosciuta e istituzionalizzata da Stato e Chiesa. L'idea della punizione faceva parte della sensibilità comune, e derivava da insegnamenti religiosi severi e autocratici, nonché da una visione del mondo statica e tutta in rilievo, senza incertezze né ombre riconoscibili. Ai tempi di Elisabetta la Grande, era consuetudine che gli assassini venissero portati in piazza dove il boia strappava loro il cuore dal petto vivo per mostrarlo trionfante alla regina. Era una pratica che già ripugnava a Elisabetta la quale per certe cose era in anticipo rispetto ai suoi tempi, ma pure continuava a sopportare il supplizio pubblico perché i cittadini lo pretendevano e la popolarità di una regina dipendeva anche dalla sua adesione al gusto morboso per le esecuzioni pubbliche.

Ancora non c'erano stati né Freud né Jung a spiegare le complicazioni dell'animo umano, l'importanza delle esperienze infantili sulla vita di un adulto e non c'era neanche stata la sociologia a dimostrare la rilevanza dell'educazione e dell'esempio familiare sulla psicologia individuale. È stato tra l'altro dimostrato che la pena di morte non serve affatto come deterrente per i crimini che vengono commessi comunque, anzi forse con più brutalità nella prospettiva di un giudizio inappellabile. "Parmi assurdo" scriveva Cesare Beccaria "che le leggi che sono l'espressione della pubblica volontà, che detestano e puniscono l'omicidio, ne commettano uno esse medesime; e che per allontanare i cittadini dall'assassinio ne ordinino uno pubblico." Non poteva essere detto meglio, con più chiarezza e buon senso. Lo Stato, se condanna l'omicidio, non può commetterne uno a sua volta, quali che siano le ragioni che lo giustifichino. Così come lo Stato non può farsi complice della prostituzione allestendo bordelli controllati da amministrazioni pubbliche.

Il caso del giapponese Norio Nagayama, condannato a morte dopo trent'anni di carcere dimostra la gratuità e la ferocia del principio vendicativo e la straordinaria capacità di recupero dell'animo umano. Norio Nagayama aveva ucciso sì, ma in trent'anni di galera aveva ripensato ai suoi delitti, si era pentito, aveva studiato, aveva scritto, insomma era diventato un altro. Ma il boia doveva dimostrare che la memoria amministrativa non è modificabile, che la giustizia deve fare il suo corso comunque e dovunque, a qualsiasi costo. A noi, questa pertinacia nella punizione appare grottesca e inutilmente sadica. Per chi ha l'orecchio rivolto all'armonia di una migliore convivenza fra azione e pensiero, fra distruzione e accudimento, questa ottusa fedeltà al castigo stona visibilmente.

Negli Stati Uniti in questi giorni le organizzazioni che vogliono cancellare la pena di morte manifestano contro l'esecuzione di O'Dell dichiarandolo innocente. Ma se veramente O'Dell fosse stato innocente, si tratterebbe di un enorme caso di errore giudiziario. Niente a che vedere con la barbarie della pena di morte. Molto più esemplare ci pare il caso del giapponese che, pur essendo sicuramente colpevole, ha avuto modo di cambiare nei lunghi anni di prigionia. Non è quello a cui aspira la giustizia moderna? Educare, modellare, riabilitare e non semplicemente accanirsi nella vendetta? Non è un caso che i governanti giapponesi non vogliano comunicare il luogo e il momento della esecuzione. Essi sanno di agire in maniera astratta e arcaica, inseguendo una antica idea del "dovere" che non convince più nessuno, ma che pure paradossalmente attinge al segreto sentimento di paura che ogni fragile cittadino porta in sé e quindi risulta popolare oggi come ieri.

4 agosto 1997.

NUOVE SEDUZIONI SPIRITUALI

Corea: assedio del sogno americano

Cosa succede in un Paese che decide di ignorare la sua cronaca nera? Rapine, assassinii, stupri, violenze sono scomparsi dai giornali coreani e questa pacificazione basata sul silenzio sembra dare i suoi frutti. Il cittadino, a torto o a ragione, si sente tranquillo, lo dicono tutti "Anche un bambino può andare solo di notte". Ma si tratta di un'illusione o di una realtà? I crimini ci sono o no? Difficile saperlo visto il silenzio stampa. La città vive in una specie di stupore ovattato. La sola cosa impossibile da controllare sembra essere il traffico in questa città che sbandiera i suoi altissimi e lussuosissimi palazzi di vetro e di cemento contro un cielo azzurro cobalto soffuso di fumi avvelenati. Il sogno americano insidia i suoi bassi, le sue casette dai tetti curvi e panciuti, le sue piccole sale da tè gonfie di odori speziati, la sua antica severità confuciana, i suoi tricicli-ricsciò. La globalizzazione qui viene presa molto sul serio. Perfino le campagne si adeguano al mito entusiastico del progresso: dappertutto insegne di prodotti americani, valanghe di oggetti di moda dai grandi nomi, Versace, Prada, Gucci; strade a quattro corsie, fasce di fili che attraversano in lungo e in largo i campi per portare "energia e modernità".

Dei cani che abbaiano in una specie di pollaio mi riportano ai classici suoni della campagna mentre visitiamo una antica casa contadina. Ma più che abbaiare sembrano latrare disperati invocando aiuto. «Cosa fanno tutti quei cani ammucchiati?» chiedo. «Sono cani da macello» mi rispondono. E la frase è accompagnata da un sorriso di scuse, come a dire voi occidentali non le capite certe cose, siete pieni di pregiudizi, gettate le aragoste vive nell'acqua bollente e storcete la bocca di fronte ai cani da pentola, non è una questione di forma? perché vi fa pena un cane e non un agnellino?

Tornando in città mi capita di aspettare che si aprano le porte di un ufficio. Ed ecco apparire dietro i vetri le impiegate, tutte vestite uguali con gonne corte color tortora e giacchetta in tinta. Si mettono in fila e sollevano le braccia con movimenti flessuosi, in un ritmo che sta fra la danza e la ginnastica. Colpisce questo contrasto fra cani da pentola e la elegante ginnastica mattinale di queste impiegate modello. Ma è pur vero che sono le contraddizioni altrui a stupirci perché ci appaiono nuove, mentre le nostre non le vediamo più. Seul ha trovato un suo modo vitale e intelligente di combinare il nuovo con l'antico, il silenzio con la parola, la cronaca taciuta con i sogni gridati. Mantiene con cura i suoi giardini imperiali, i suoi templi dai tetti arcuati e splendenti, prepara ancora pazientemente i suoi cavoli piccanti, le sue zuppe ai funghi, piene di aglio tritato e prega le sue antiche divinità. Ma non dimentica le auto di lusso, i grattacieli a trenta piani, le ricchissime banche che sovvenzionano istituzioni culturali. Le leggi ancora proibiscono alle donne l'aborto, il matrimonio il più delle volte è combinato e, quando nascono troppe bambine, le abbandonano lungo le strade. Eppure hanno scuole modernissime, l'analfabetismo praticamente è scomparso, i giovani trovano facilmente lavoro e la città pullula di librerie in cui si trova di tutto: dai libri di studio ai romanzi stranieri, alle più sofisticate poesie sperimentali.

Gli italiani, che dappertutto si adeguano e mettono radici, si sono costruiti qui a Seul una nicchia nelle università. In due mattinate incontro decine di studenti informatissimi sul nostro Paese, che leggono e traducono in continuazione, seguiti da scrupolosi professori come il professor Han, o l'italiano Vincenzo Fraterrigo, il quale sta qui da vent'anni e ha finito per sposare una coreana. Ma c'è anche la Rotunda, centro culturale che ospita le iniziative del nostro Istituto di cultura senza sede diretto da Fiorella Piras e dove si presentano film italiani e nuove ricette napoletane. La gente accorre entusiasta.

A Seul ci sono ottime scuole di musica. Non a caso alcuni dei migliori direttori di orchestra e dei migliori solisti che girano il mondo oggi escono proprio da queste scuole. I vecchi strumenti a corda giacciono nelle teche dei musei. Gli orchestrali, rigorosamente in frac, salgono e scendono dai palcoscenici con elegante disinvoltura.

Non può mancare la visita a Puom mung Jong, la frontiera esposta ai turisti con petulante spirito didattico. Ci accodiamo alla fila di lunghi autobus carichi di bambini in gita scolastica, di giapponesi, di americani, di tedeschi con le telecamere a tracolla e gli zainetti incollati alla schiena. Nevica. L'aria si è fatta pungente. Il cielo è grigio e basso. Si lascia la periferia di Seul per entrare in una zona paludosa che presto diventa una lingua d'asfalto in mezzo agli acquitrini, chiusa da alti fili spinati.

Poco più in là ecco il Nord Corea, con le sue terre bluastre che si estendono lungo l'orizzonte fumoso. Ecco l'odiatissimo fratello che popola i sogni dei bambini del "buon vecchio Sud". «I comunisti hanno scavato nottetempo dei tunnel per invadere il nostro territorio e fare passare l'esercito e i carri armati, ma i bravi soldati del Sud li hanno intercettati, con l'aiuto dei militari americani e li hanno uccisi tutti» spiega la guida. In un museo gelato, proprio addosso alla linea di demarcazione, ci mostrano la camicia sporca di sangue, il fucile macchiato di fango di una spia in perlustrazione che è stata abbattuta. Nelle foto giganti il povero soldato giace a pancia in su, gonfio d'acqua. Si intravede una faccina di bambino malnutrito dai capelli incollati sulla fronte. «I nostri lo hanno spogliato e sapete cosa hanno trovato sotto i pantaloni? un paio di mutande rosa, da donna» e giù una risata che dovrebbe contagiarci ma invece ci lascia freddi e rattristati.

"La guerra non è un istinto ma una invenzione" dice Ortega y Gasset. A volte però si tratta di una poverissima invenzione. Il tunnel, verso cui ci accompagnano due giovanissimi soldati in tuta mimetica, scende ripidamente per trecento metri ed è strettissimo: a stento ci entra un essere umano, figuriamoci un carro armato come ci è stato paventato. «Eppure qui nel Sud vivono nella paura di un attacco militare» mi dice il generale Fortunato. «Il Nord Corea è il Paese più militarizzato del mondo. Pensi che su una popolazione di diciannove milioni di persone hanno un milione di soldati e sette milioni di riservisti. Sembrano nemici irriducibili, eppure dovranno trovare il modo di tornare uniti.» Ma certo queste gite organizzate in cui si esibiscono il disprezzo e l'odio per il Nord non aiutano i buoni propositi dei pacifisti.

«Vada a visitare il museo etnologico» mi dice il professor Violante «capirà il talento narrativo dei coreani.» Difatti rimango stupita di fronte alla grazia teatrale con cui sono ricostruite, nelle ampie sale del museo, le occupazioni degli antenati: donne e uomini a grandezza naturale, scolpiti con diligenza maniacale. Soprattutto sono curati i particolari: la pelle delle mani logorata dal lavoro, con le vene in rilievo, lo sguardo che ti segue dolce e deciso da sotto i cappelli da risaia, il piede in aria per un giro di danza, il collo chino per la cerimonia del tè. Anche qui la cronaca nera è abolita. Chissà cosa succederà quando la bella addormentata si sveglierà dal lungo sonno e i fratelli del Nord scenderanno a chiedere lavoro, attenzione, case, istruzione, spazio!

24 novembre 2000

USA: soldi sesso e spiritualità

Dalla solida ricchezza del North Carolina, al fermento politico di Washington, ai teatri di New York, ho viaggiato attraverso gli Stati Uniti in periodo preelettorale.

I candidati alle elezioni presidenziali del novembre 2000 sono pieni di coraggio, capaci di fare teatro in tv senza cadere nel ridicolo. Perfino nella tranquilla Università di Wake Forest, nel North Carolina, si sente la febbre delle elezioni presidenziali. Gli aceri dorati che contornano la Welt Chapel sono ancora ricoperti di striscioline di carta annuncianti il dialogo pubblico fra Gore e Bush che si è svolto proprio qui fra questi prati. Gli scoiattoli attraversano in gran fretta l'asfalto delle strade. Si fermano a prendere dalle mani di una ragazza grassissima delle briciole di torta e poi si precipitano verso i tronchi vicini. Dei giovanotti biondi, dai blue jeans decisamente troppo larghi e caduti sui fianchi, sembrano studiare tenendo i libri sulle ginocchia, ma i loro occhi sono attratti dalle decine di schermi accesi nelle mense, nei caffè, che in qualsiasi momento della giornata porgono al pubblico il risultato gridato degli exit poll.

Per quanto si dica e si ripeta, sui giornali e in televisione, che i giovani sono poco interessati al voto, questa plateale competizione fra Gore e Bush è diventata un tale spettacolo che nessuno più riesce a fingere di ignorarla.

Sere fa un presentatore che faceva in tv delle domande a Bush, si è infilato con noncuranza una maschera che imitava le fattezze del suo ospite, così che il senatore d'improvviso si è trovato davanti un altro se stesso. Ma Bush, per niente scocciato, ha tirato fuori da un sacchetto una maschera di Gore e se l'è infilata sulla testa. Grandi risate e strette di mano. Pensate cosa sarebbe successo da noi. Ci vuole coraggio per fare teatro in televisione senza che diventi circo.

Le mie giornate trascorrono fra le aule dell'Università di Wake Forest e i musei e le ville dei Reynolds che qui contano come gli Agnelli a Torino. Ma questa città è piccola e ben nascosta fra gli aceri, le querce, i faggi, con case sparse fra laghi e colline verdissime. È stata questa famiglia di emigranti inglesi della fine dell'Ottocento ad aver capito l'enorme futuro che il tabacco avrebbe avuto nel XX secolo. Hanno comprato a basso prezzo acri e acri di terreno incolto trasformandolo in campi di tabacco. Hanno costrui-to una fabbrica, che prima dava da lavorare a trenta persone, poi a trecento e quindi a tremila.

Con i miliardi del tabacco i Reynolds hanno edificato una grande ed elegante villa in mezzo al bosco, per niente pretenziosa nonostante gli splendidi mobili che si sono fatti venire da Parigi, da Venezia, da Londra: nonostante l'enorme piscina coperta, con acqua calda e fredda e ninfee galleggianti ai bordi, nonostante i quadri di Ben Shahn e di Mary Cassatt che oggi fanno parte della preziosa collezione Reynolds.

I figli dei figli dei figli di questi emigranti inglesi hanno pensato bene di lasciare tutte le proprietà all'Università di Wake Forest, che ha mantenuto la villa come museo perché racconti di una produttiva e solida America che, pur dominando il mondo, non perdeva la testa ma anzi era sobria, ed elegante.

Rientro al Ramada-Inn, albergo che mostra la volgarità dei nuovi ricchi, tutto specchi, colonne doriche, pavimenti di mattonelle nere, mentre poi, all'interno, le tende sono bucate, i bagni non funzionano, i vetri sono sporchi.

Accendo la televisione e càpito proprio sull'incontro-scontro fra Hillary Rodham Clinton e Rick Lazio. Lui è accattivante, buon parlatore, ha i modi morbidi anche se spesso insinuanti, la faccia di un bravo ragazzo che la sa lunga. Lei è intelligentissima, colta, un poco snob, dura e controllatissima.

Un incontro difficile il loro, in cui debbono denigrarsi senza darlo a vedere. Lui l'accusa di aver fallito la politica della salute, insinua che ha preso i soldi della sua campagna elettorale da fonti poco chiare; lei gli dà dell'ipocrita: da una parte esibisce preoccupazioni ambientaliste per conquistare i giovani, ma in Senato continua ad appoggiare una politica di rapina del territorio. La sola cosa su cui l'avversario è deciso, insiste Hillary, sono le politiche di riarmo.

Quando scendo a prendere una bottiglietta di acqua minerale trovo un gruppo di ragazzi che seguono la trasmissione mangiando pop corn da un bicchiere di carta grande come un secchio.

Si parla molto di Social Security: in un Paese che invecchia, da dove si ricaveranno i soldi per le pensioni? Ecco che gli immigrati vengono visti non più come dei ladri di posti di lavoro, dei disturbatori della quiete nazionale, ma come coloro che si dedicano con energia nuova ai lavori più gravosi e umili, versando le tasse con cui poi si pagheranno le pensioni agli anziani. Quindi: controlli severi su chi entra ed esce dal Paese, mano dura con coloro che commettono dei crimini, ma porte aperte a chi offre braccia fresche e voglia di guadagnare.

A Washington, dopo aver parlato alla Library of Congress, mi trovo la sera a cena con Betty Friedan che nasconde la sua faccia da gufo sotto le larghe falde di un cappellaccio da pirata. Nonostante gli ottanta anni, è una donna energica, vivacissima e curiosa. Vorrei farle delle domande ma è soprattutto lei a chiedere sull'Italia, sulle italiane, sulla misoginia sociale di cui "è difficile liberarsi". Alla fine riesco solo a domandarle se è contenta di quello che, grazie anche al suo esplosivo libro *La mistica della femminilità*, è cambiato nei riguardi delle donne. Ma non mi sembra contenta. Le labbra sotto le falde scure si fanno più tese: «Le donne continuano a inseguire una idea balorda di femminilità che non potrà che ritorcersi contro di loro» dice.

Gli occhi luminosi si fanno allegri. «Ci sarà ancora da fare» conclude e mi conquista questa sua voglia di continuare a battagliare.

Fra l'altro sta scrivendo un poliziesco, «ma siccome non so niente di crimini, sto seguendo un corso di scrittura». Non ha nemmeno perso la voglia di imparare. Una donna che non si concede riposi.

La sera dopo mi trovo per caso al grande incontro della NIAF (National Italian American Foundation) che raccoglie intorno a sé milioni di italoamericani. Tremila persone in abito da sera, in un salone di pessimo gusto dell'hotel Hilton. Due ballatoi illuminati a giorno, molti schermi, tavole imbandite con ben visibili le bottiglie di vino toscano e veneto, l'olio pugliese, i dolci siciliani, l'acqua minerale umbra. Vengono premiati grandi imprenditori, fra cui Mariuccia Prada, l'allenatore italiano di Mohamed Ali, e altri sportivi popolarissimi da queste parti. Peccato che nessuno di loro conosca una sola parola di italiano, e che confondano Marsala con Torino.

Ma ecco alla fine comparire l'attesissimo Clinton ed è ovazione. Alto, abbronzato, i capelli tutti bianchi, il passo deciso. Sale sul palco e prende a leggere, ma poi si capisce che si annoia a seguire una linea già tracciata e si mette a improvvisare. È la prima volta che lo sento da vicino, di persona e devo dire che l'effetto è sorprendente: una bella voce, per niente affettata e nemmeno finta, sincera e modesta. Il suo ragionare è veloce e non privo di qualche civetteria, ma pure non rinuncia mai a cercare di convincere chi lo ascolta con teorie, idee, progetti. Non si tratta di aria fritta insomma o di giochi di equilibrio. Quest'uomo che, nel pieno del successo, si accinge a tornare a casa, si capisce che vuole lasciare un buon ricordo di sé, senza retorica e false pretese. C'è qualcosa di commosso e commovente quando racconta il fallimento del grande tentativo di pace in Medio Oriente.

È arrivato improvvisamente il freddo. Mentre volo da Washington a New York osservo, affascinata dalla bellezza di una mattina limpida e luminosa, i grattacieli che si riflettono l'uno nell'altro e creano scherzi di ombre. La prima cosa che vedo entrando in città è un cartello che dice: Money, Sex and Spirituality, il che appare davvero come un invito all'arroganza della contraddizione. Ma poi mi dico che proprio in tale contraddizione sta probabilmente il successo di questo grande Paese che è bravissimo nel monetizzare la realtà, bravissimo nel sessualizzare il mercato e geniale nell'inventare un linguaggio della seduzione spirituale.

La sera vado a teatro a vedere *Copenhagen* di Michael Frayn: tre grandi attori anzianotti che parlano per due ore senza provocare un momento di noia. Niente scene, niente costumi, soltanto una discussione, ma seria e drammatica, sui rapporti fra scienza e morale: sono solo coloro che le gettano, le bombe, i veri responsabili o non lo sono anche coloro che mettono la loro sapienza, il loro genio al servizio della guerra, in nome dell'incontrollabilità della scienza e della tecnologia? Il grande segreto del potere è anche quello di prendersi sul serio. Ma sinceramente sul serio. E non c'è Paese al mondo che con tutte le sue ricchezze, le sue contraddizioni, le sue paure, ami circondarsi di norme morali come l'America. Magari saranno norme raramente seguite, ma certamente mitizzate come parte di un armonioso rapporto fra un vecchio Dio arcigno e un giovane mondo nuovo che porta scarpe da ginnastica e corre leggero verso il futuro.

7 novembre 2000

Biciclette cinesi verso il capitalismo

Se dovessi dire qual è il simbolo del profondo cambiamento che sta vivendo la Cina, direi: la bicicletta. Ce ne sono ancora tante e corrono cieche, disperate, orgogliose eppure già consapevoli di avere perso la guerra contro le automobili, lungo le larghe strade di Pechino. Nel 1980, quando sono stata in Cina con una delegazione politico-culturale di cui facevano parte Emma Bonino e Tina Anselmi, le biciclette erano le padrone della strada e al passaggio di una macchina strombazzante sciamavano verso i marciapiedi con allegri scampanellii di protesta. Oggi Pechino assomiglia sempre di più a Tokyo, o a Manila, città percorse in lungo e in largo da fiumi di automobili, magari sgangherate, ma tutte fornite di una tromba potente che squilla nelle orecchie dei ciclisti costretti a scansarsi rapidamente, pena la morte.

Non ho mai visto delle biciclette guidate con tanta poetica determinazione. Le schiene curve, i capelli tagliati corti, le facce assorte e i muscoli tesi, pedalano accanitamente questi cinesi, sul fare dell'alba quando già il traffico intasa le strade. Sono biciclette all'antica naturalmente. Niente a che fare con le nostre aerodinamiche mountain bike. Hanno le catene visibilmente ingrassate a mano, le gomme piene di toppe, le pompe incastrate sotto il manubrio, il sellino grosso e bitorzoluto, il vecchio campanellino dal trillo metallico. Da noi la bicicletta fa venire in mente il divertimento, la gita fuori porta, le gare domenicali. Qui no, qui le biciclette sono uno strumento di prima necessità. La mia traduttrice Shen E Mei, che è insegnante all'Università di lingue straniere, non ha i soldi per comprarsi una macchina e va in giro con la due ruote, alla stregua dei suoi studenti. Visti tutti insieme questi veicoli danno l'impressione di uno sciame di rondini che volano basse, evitando miracolosamente i pericoli. Si infilano ardimentose, con la sicurezza incosciente di chi ricorda altri tempi in cui avevano la città tutta per sé, fra le lamiere bollenti degli autobus dai freni che stridono, fra le limousine dai vetri neri, fra i mille taxi rossi di fabbricazione nazionale che corrono come matti verso un futuro sconosciuto.

Vanno a scuola, vanno al lavoro, vanno da una casa all'altra gli accaniti ciclisti dai pantaloni flosci, spesso legati alla caviglia da una cordicella, le camicette stile anni Cinquanta, le scarpine di pezza color notte. Vanno e vanno con furiosa decisione, immagine di un secolo, il Novecento, con la sua povertà, le sue grandi voglie di rivoluzione, le sue tecnologie primitive, i suoi sogni di redenzione, trafelato e inseguito dal nuovo secolo che corre.

I cinesi del Duemila sembrano molto attratti dalle seduzioni del mercato globale. E lavorano con un accanimento da noi inconcepibile, per raggiungere il grande sogno del benessere. Ma naturalmente la corsa si compie fra mille dubbi: fino a che punto sarà lecito rincorrere il miraggio di ricchezza senza perdere le proprie radici? Fino a che limite sarà giusto abbandonarsi alle regole apparentemente leggere del mercato che poi si riveleranno sempre più amare e pesanti, soprattutto per le conseguenze: criminalità organizzata, prostituzione e mafie varie? Fino a che grado sarà bene privarsi dei propri tempi, delle proprie abitudini al risparmio, della tradizionale sobrietà comunista, per trasformarsi in veloci consumatori alla occidentale?

Gli scrittori, come spesso accade, sono quelli che precorrono i tempi con il loro intuito e la loro immaginazione. In un racconto di Shen Rong, che ho letto in traduzione francese e si intitola *Au milieu de l'âge*, si racconta di una dottoressa, Lu Wenting, che muore letteralmente di troppo lavoro. Chirurga, opera in un ospedale cittadino, nel reparto di oftalmologia; è così brava che tutti vogliono diventare suoi pazienti, perfino il primo ministro Wang Xiaoman. E lei cerca di accontentare ogni ammalato, bambino o adulto che sia, alzandosi alle cinque di mattina, rimanendo in ospedale fino a notte. Ma a casa ha un marito che l'aspetta e un bambino da accudire.

I tre vivono in una sola stanza di venti metri quadri e fanno i turni per adoperare l'unico tavolo su cui si mangia, si fanno i compiti, si preparano le relazioni. Come conciliare le varie incombenze se non rubando tempo al sonno? Le ore di riposo infatti diventano quattro, poi tre, poi due e la dottoressa comincia visibilmente a dimagrire. Un giorno poi, dopo un'operazione particolarmente impegnativa, casca per terra trafitta da un infarto. Eppure Lu Wenting ha appena quarantacinque anni. Perfino l'ispettore che fa le indagini si rende conto della contraddizione e dice rivolgendosi al direttore dell'ospedale: «Prima preparate i medici e poi li uccidete, non è economico».

Shen Rong è una scrittrice molto popolare in Cina, proprio per la delicatezza limpida e decisa con cui affronta i grandi temi del suo Paese. Accanto a lei metterei Su Tong, forse lo scrittore giovane (è nato nel 1963) più attento alle ingiustizie e alle discriminazioni sociali. Ricordiamo il suo breve e intenso romanzo *Mogli e concubine* pubblicato in Italia da Feltrinelli, da cui è stato ricavato il film *Lanterne rosse*, che tutti abbiamo ammirato.

Oggi sembra che la letteratura italiana susciti nuovi interessi e curiosità nel pubblico cinese: da Pirandello a Calvino, da Elsa Morante a Carlo Sgorlon, gli italianisti sono intenti a tradurre e pubblicare molti romanzi di autori contemporanei. Io stessa sono qui per l'uscita di un libro, *L'età del malessere*, che tratta il tema della disoccupazione giovanile e in quanto tale è considerato di grande attualità.

All'università dove insegna la mia traduttrice, gli studenti mi martellano di domande sul ruolo dello scrittore, dell'intellettuale nei rapporti col potere politico. La nostra lingua, nell'eclisse di quella francese, sembra guadagnare molto in simpatia e suggestioni. Gli studenti che si dedicano alla letteratura italiana stanno aumentando e questo non può che farci piacere. Ma con quanta sollecitudine il nostro Paese risponde a questa richiesta di scambio? Sul piano delle università si sta facendo molto, grazie anche ad alcuni sinologi come il professor Sabattini che continua a testa bassa, nonostante i pochi fondi, a tradurre dal cinese, a proporre testi italiani, a organizzare incontri e scambi di grande respiro.

La Cina è un Paese sorprendente per le sue capacità di metamorfosi, per la sua efficienza produttiva, per la sua capacità di sacrificio. La pratica della metamorfosi sembra stare simbolicamente anche alla base della loro cucina, sempre pirandellianamente intenta a mostrarsi diversa da quella che è.

Un cuoco in Cina è davvero un artista quando riesce a trasformare un ingrediente in qualcos'altro: un pollo che viene agghindato e portato in tavola in forma di pesce, con la pancia infarcita di uova; un maiale che si presenta come anguilla su un mare di alghe, un pesce trasformato in un'anatra con tanto di zampe e ali aperte, una anatra che si offre come coniglio, con orecchie lunghe e muso rosa. Sono trasformazioni a volte quasi raccapriccianti per il gusto europeo, ma rappresentano emblematicamente una tensione culturale profonda: il bisogno di mutare un Paese molto legato alle tradizioni, molto conservatore, molto gerarchico, autoritario e misogino in un Paese moderno, paritario, democratico, capace di mettersi a discutere con le altre grandi potenze del mondo. Da maiale in salmone, sarà un cambiamento possibile? Soprattutto se si vorrà conservare qualcosa dell'antica anima, dell'antica bellezza, dell'antica enigmatica religiosità di questo grande e singolare Paese.

4 ottobre 2000

Belgrado non è più la mia città

"La notte scorsa centocinquanta uomini armati e con la faccia coperta sono entrati nel palazzo e hanno chiuso il giornale" scrive Jasmina Tešanović "rabbia e impotenza: non siamo più nemmeno degli 'idioti politici' come ci chiamavano, ora ci stiamo trasformando in "criminali politici'."

A chi osserva le cose di lontano sembra incredibile che dopo una guerra rovinosa, dopo gli atroci bombardamenti che hanno distrutto mezzo Paese, il responsabile di tanto strazio e di una cocente sconfitta militare sia ancora lì a dettare legge. Ma evidentemente il ricatto nazionalistico funziona. E spesso l'atteggiamento dei serbi nei riguardi del loro tiranno si fa complesso e ambiguo: "Ieri il Presidente ha tenuto discorso. Conosco il suo viso, conosco la sua voce, conosco le sue parole e le sue emozioni: mi sono noti grazie alla mia famiglia. Rappresenta esattamente ciò da cui fuggo: il tono paternalistico, patriarcale, solenne, patetico e aggressivo, lui sa cosa è bene per me. Sempre, come mio padre. Mi prende un attimo di dubbio che mi distrugge per giorni: è mio padre, mi dico, i padri sanno che cosa è meglio per te. Il mio presidente che conosco come un bugiardo corrotto e nemico spietato, fingeva di essere mio padre, un padre preoccupato per il mio futuro: ecco perché mi mandava in guerra, perché oggi lotta contro il mondo. Mi sono venute le lagrime agli occhi" altre parole disperate.

Le lettere di posta elettronica vanno e vengono. Parlano di paura, di fame, di bisogni essenziali traditi: "una mia amica è malata e non ha i soldi per pagarsi le medicine". "In casa mia hanno rubato cinque volte, i ladri praticamente sono impuniti." "La mia vicina ha tre figli e non ha i soldi per pagare loro i libri di scuola." "Dovunque regna un clima di sospetto, lavorare diventa ogni giorno più difficile."

Fra coloro che meglio hanno saputo raccontare la guerra e i disagi del dopoguerra ci sono due donne coraggiose, una più conosciuta in Italia perché ha pubblicato su "la Repubblica" il suo diario: parlo della intelligente e ironica Biljana Srbljanović, che ci ha raccontato la resistenza nelle sue pieghe più nascoste e più profonde, e l'altra, Jasmina Tešanović, giornalista e scrittrice, meglio conosciuta in Francia e in Germania per le sue analisi e le sue descrizioni della vita quotidiana di un popolo che si dibatte fra minacce e adulazioni. Il suo libro *Normalità* è stato pubblicato dalle edizioni Tropea, nella collana diretta da Sandro Veronesi.

"Non sono più sicura che Belgrado sia la mia città" scrive Jasmina Tešanović "sono una rifugiata nel mio quartiere. La mia stanza è solo una strada, non mi sento al sicuro né libera né felice. La mia schiena è rivolta a un futuro che non esiste..." La guerra ha lasciato ferite che non si rimarginano facilmente. Ha sconvolto famiglie, stravolto rapporti di lavoro, inserendo ovunque una tensione rabbiosa, velenosi sospetti e cocciuti fanatismi di parte. "Come comunista mia madre ha rifiutato la vita di suo padre, da lei considerato un kulak, mentre io rifiuto la sua cultura che considero fanatica. Mia figlia taglia i ponti con me perché sono una traditrice (lei, che crede nei valori nazionali). Non esiste una continuità di valori, a parte il tradimento."

Il sentimento della città, presa di mira dai bombardieri, è cambiato: da pacifico e fiducioso che era è diventato livido e incerto: "Viviamo in uno spazio esterno della nostra vita interiore, una realtà immaginata, virtuale: forse siamo diventati il popolo celeste, come vorrebbero farci credere i nazionalisti. Inconsapevoli, deboli, affamati, spaventati, siamo rinchiusi in un campo di concentramento senza la volontà né il bisogno di essere altrove... Qui io sono invisibile, muoio lentamente". Il Paese intanto si spacca, ci sarà mai comprensione fra chi parte e chi rimane? "La vita qui è impossibile e molti se ne vanno. Sono rimaste solo le guardie: soldati e guardie, guardie e soldati."

La mancanza dei generi primari crea allarme, panico. "Stamattina non ho potuto comprare il latte. Proprio come sei anni fa, quando la guerra è iniziata: la prima cosa a scomparire è stato il latte, il simbolo del bisogno materno. Il messaggio è: morte ai bambini." Eppure il consenso al regime rimane vivo, e viene segnato nero su bianco. Ma come è ottenuto questo consenso? "Oggi ho visto dei vecchi rincorrere il postino per farsi dare il certificato elettorale. I pensionati devono votare per forza SI per ottenere la loro rendita, per poter comprare il pane e magari qualcos'altro. Rincorrono il postino che rappresenta lo Stato, il potere: è simpatico, il nostro postino. State tranquilli, dice, arrivo, restate buoni dove siete."

Le donne, alcune donne, reagiscono con coraggio formando gruppi di resistenza. "C'è stato un incontro delle Donne in Nero... Come al tempo della guerra siamo state prese a sputi e naturalmente insultate: puttane, traditrici, pazze... Niente di nuovo in guerra e in pace sotto il sole patriarcale. Anche il linguaggio, l'unica parte vivente dell'umanità che non può essere uccisa dalla violenza, rimane fedele a se stesso quando si tratta di uccidere le donne usando le parole come armi."

Ma insomma, cosa si può fare? Sembrano chiedersi queste donne. A chi rivolgersi? Con chi allearsi? Essendo gli studenti i soggetti politici oggi più determinati, sarà il caso di prenderli come guida? Ma possono degli studenti cambiare le cose da soli? L'astuto Milošević si muove come una vecchia volpe guardinga che sa quando tranquillizzare le sue prede travestendosi da agnello e quando assalirle di colpo prendendole alla gola. Una vecchia volpe che finge di avere perso il pelo e i denti, e chiede addirittura pietà per i suoi malanni ma conserva unghie taglienti come coltelli e sa dove e quando colpire.

"I nostri genitori continuano a farci la guerra... Una mia amica mi racconta che suo padre, docente universitario in pensione, le ha gridato tutto trionfante: 'Ora dovrete obbedire, basta con la libertà!'. C'è una guerra patricida fra noi e loro, tra sopravvissuti e grandi patriarchi, fra idioti (come sono io) e criminali politici. Niente vincitori né perdenti, niente vie giuste né vie di mezzo. Solo brutti sogni e conflitto permanente."

Alle volte si pensa che una guerra vissuta fra privazioni, malattie, morti, macerie, crei solidarietà fra gli abitanti di una città, di una famiglia. Ma non è così. Il peggio della guerra è che tutto, anche i sentimenti più intimi, vengono condizionati dall'odio e dal sospetto che si scatenano fra parenti, fra amici, fra amanti, fra generazioni diverse. La guerra insomma, anche quando non uccide e ferisce, inocula un veleno potente che corrompe la linfa vitale delle coscienze rendendole fiacche e nemiche di se stesse...

"Piantatela di fingere, non riesco a starvi dietro! volevo urlare davanti alla tv, a mia madre malata di comunismo che cucina piatti tradizionali invocando il comunismo e la guerra, di fronte a quell'innocente di mia figlia che non vuole sapere niente di storia e di politica perché sa che faranno soffrire qualcuno. Si tappa le orecchie con le mani ricordando le pesanti liti in famiglia sul nazionalismo, sul fatto di lasciare o meno il Paese, io non riesco a proferire verbo, sono muta perché anch'io sto fingendo. Fingo la mia normalità, voglio fare credere che abbiamo bisogno di una vita quotidiana normale, basata sui buoni vecchi valori dell'amicizia, della lealtà e della solidarietà fra donne. Quando guardi in faccia le persone dalle quali ti aspetti comprensione, vedi due occhi spaventati che restituiscono l'immagine di una maniaca. I medici somigliano ai pazienti. Ci affligge la stessa malattia: la perdita d'animo, di tolleranza, di fede. La vita umana si riduce a pura e semplice esistenza."

E la vicina Italia? E il resto del mondo? Una volta finito il can can della guerra, sembrano tutti distratti, affaccendati in altre faccende: cosa ce ne importa di un Paese che faticosamente riprende a vivere, fra l'umiliazione delle sanzioni e gli orrori di una dittatura che, pur morta clinicamente, continua ad angariare e a tormentare i suoi sudditi con la torbida e stupida pesantezza dei cadaveri?

4 giugno 2000

Cuba: il giudizio di re Salomone

Ero a Cuba per il Festival del libro, nel febbraio del 2000, proprio mentre fra Miami e L'Avana volavano accuse e insulti. Chi aveva il diritto di tenere il bambino Elián, scampato a un terribile naufragio in cui erano morte dieci persone, fra cui la sua giovane madre? I cubani di Miami sostengono che il bambino, anche se piccolo, voleva scappare via dal suo Paese, da un padre che aveva abbandonato la madre, si era risposato e aveva un secondo figlio. I cubani di Cuba invece sostengono che Elián stava benissimo con Juan Miguel, che è un ottimo padre, un ottimo lavoratore e solo la sconsideratezza della madre può spiegarne la morte e il quasi annegamento del bambino.

Ho avuto subito modo di vedere che i cubani ne facevano una questione di puntiglio nazionale. Ho visto sfilare centinaia di bambini che portavano sul petto la faccetta infelice e dignitosa di Elián González. Ogni scolaro una maglietta e ogni maglietta un ritratto del fuggitivo. Al castello, dove si tenevano gli incontri tra letterati, poi, in mezzo ai banani e alle palme, ho visto altri bambini che lanciavano in alto bandierine su cui stava scritto ELIÁN LIBRE. Come se si trattasse di un prigioniero politico. Come se in quella piccola persona fosse concentrato l'amor proprio del Paese.

Si capisce che Castro pesca a piene mani in questi sentimenti polimorfici: l'orgoglio di un padre dovrà essere calpestato da quattro reazionari che hanno venduto il Paese al nemico?

D'altra parte i parenti del bambino rivendicano la libertà di esilio. Si fanno fotografare col piccolo che tende le dita a V e registrano la sua voce che dice «io voglio stare qui con lo zio Lazaro e con Marisleysis». Mi è venuto in mente un dolente e sarcastico romanzo di Henry James intitolato *Quel che sapeva Maisie* e racconta di una bambina contesa fra i due genitori che si sono separati. Il padre che dice di amarla tanto usa la figlia per umiliare e ricattare la ex moglie, così come la madre, che dice di adorare la bambina, finisce per farne una spia delle strategie del marito. Di Maisie, ci fa capire Henry James, non importava niente a nessuno.

Nel caso di Elián non ci sono due sposi sconsiderati ma due Paesi, due popoli, due comunità abbarbicate ai loro interessi. I due popoli però hanno una matrice comune, sono figli della stessa terra. E si odiano come solo i parenti possono odiarsi, con ferocia e cecità. Le cose poi sono complicate dal fatto che gli Stati Uniti che ospitano i cubani in esilio sono considerati nemici storici di Cuba, accusati di volere distruggere il Paese che tengono sotto scacco con l'embargo. I cubani in esilio accusano i dirigenti di Cuba di imporre, attraverso un partito unico, una severa dittatura che usa, come tutte le dittature, l'intimidazione poliziesca e il sospetto. La storia non è affatto dissimile da quella raccontata da James: anche in questo caso i sentimenti privati – quel tanto di torbido che cova nei rapporti tra padri e figli, mariti e mogli, fra cugini e fratelli – incendiano le ragioni pubbliche.

C'era una volta un giudice, si chiamava Salomone ed era re d'Israele. Gli portarono davanti due donne che si accapigliavano per il possesso di un bimbo. Due madri furenti, due madri pronte a tutto, che si sarebbero uccise per quel bambino che ciascuna riteneva essere suo. Salomone le guardò. Puntò gli occhi sul bambino e disse: Bene, siccome non possiamo provare chi sia la madre, prendetelo e tagliatelo in due, ne daremo una metà a ciascuna. La prima madre non disse una parola: questa soluzione avrebbe appagato il suo odio e la sua possessività. La seconda madre invece alzò una mano e disse: No, che se lo tenga lei, ma il bambino non deve essere toccato. E Salomone capì che quella era la donna che veramente amava il bambino e lo consegnò a lei.

Il giudice americano purtroppo non può agire come il saggio Salomone. Per mancanza storica di saggezza, e per mancanza di oggettività. Peccato. Sono sicura che chi vuole veramente bene al bambino Elián pensa che non importa dove stia, purché stia bene. Sarà lui a decidere, quando sarà un poco più grande, se preferire i banani e le palme di una isola sfortunata e amara ma certamente piena di ardimento, o la provincia americana con le sue ricchezze, le sue afasie, le sue tristezze da mercato multimediale.

23 aprile 2000

Texas: l'incantesimo di un campus

Sono ospite di una delle università più estese e ricche degli Stati Uniti. Famosa per i medici che forniva fino a ieri, oggi invidiata per gli spericolati tecnici del computer, Austin è diventata uno dei centri più rinomati in fatto di tecnologie mediatiche.

Non c'è niente di più lontano e diverso dalle nostre università di un campus americano. Probabilmente perché lì gli studenti vivono e anche con grande agio, fra giardini ben tenuti, mense ricche di cibi, biblioteche ben funzionanti, sapendo che i professori sono a loro disposizione in qualsiasi momento della giornata e che ogni gruppo di studio non supererà i dieci alunni.

«Certo, grazie» dice qualcuno «ma lo sai quanto costa un anno in una università americana? Più o meno quaranta milioni di lire.» E in effetti, stando a queste cifre parrebbe una università per soli ricchi. Ma poi si scopre che non è esattamente così. «Non ha visto i tanti ragazzi neri, i tanti portoricani? Certamente non hanno soldi, ma lavorando per l'università si guadagnano gli studi» mi spiega qualcuno, oppure avranno accesso a dei crediti che poi pagheranno per tutta la vita. Li guardo camminare e mi rendo conto che effettivamente ci sono ragazzi di etnie diversissime e tutti sembrano muoversi con sicurezza e disinvoltura. La folla americana ha due o tre aspetti che colpiscono l'immaginazione dell'europeo: il continuo mangiare o bere stando in piedi, in bicicletta o in macchina; la grande quantità di giovanissimi corpi dilatati e appesantiti. Non ho mai visto tante persone obese come in questa università. E si vede bene che si tratta di una grassezza infelice, non da Budda meditabondo, ma da corpo che si fa brutto e goffo per rammentare qualcosa di sgradito e inquietante, ma cosa?

Altra caratteristica non meno sorprendente per noi è la mancanza completa di curiosità degli uni verso gli altri. Nessuno sembra guardare chi gli cammina incontro. Difatti le stravaganze più straordinarie passano assolutamente inosservate. Ma veramente non guardano, viene da chiedersi, oppure fingono di non guardare? O meglio ancora si impongono di non vedere, per pudore, per riservatezza, ciò che non è educato o lecito vedere? Difficile dirlo. Alle volte ho l'impressione che questa discrezione sia il frutto di una coercizione anche un poco troppo stretta e che lo sguardo, distolto dall'esterno, si rivolga verso l'interno con qualcosa di rabbioso e frustrato. Mettendo a confronto questa assenza di curiosità con gli sguardi anche troppo voraci delle nostre parti si è presi da una sensazione di pace e di libertà sconfinata. Comunque ti vesti o ti acconci nessuno ti baderà. Perfino un urlo può passare inosservato. Ma si tratta di vera pace, di vera libertà?

Si può immaginare la mia sorpresa quando mi sono trovata davanti un manifesto, in cui si avvisavano le ragazze di non avventurarsi in certe zone del campus di notte perché rischiavano di essere violentate. Fra quei silenziosi giardini? e da chi? Ma dagli studenti, no? Proprio da questi bravi studenti biondi e ciondolanti, con le brache larghe, i capelli tagliati a spazzola, e niente sul viso o nel corpo che lasci intravedere una qualche strategia di seduzione? Ma come è possibile? Eppure è così e ciò dimostra quanto nasconda di non risolto la apparente educazione alla riservatezza. Lo sguardo, costretto all'interiorità, pare si trasformi, in certi momenti di esaltazione, soprattutto alcolica, in odio e rapina.

Mi capita di incontrare dei figli di famiglie emigrate negli anni Quaranta e Cinquanta. Stanno reimparando faticosamente l'italiano. Ed è già un miracolo che ne abbiano voglia. Di solito l'ansia dell'integrazione porta ad una cancellazione completa della lingua di origine. Ma mi dicono che l'interesse per l'italiano è in crescita e si moltiplicano le scuole che lo insegnano.

I nuovi emigrati invece la sanno lunga sia sulla cultura materna che su quella acquisita. Vivono nevroticamente in bilico fra una lingua e l'altra, fra una cucina e l'altra, fra una educazione e l'altra. Sono i più accaniti teorici della divisione, intelligentemente dissociati e consapevolmente spaccati in due. I loro figli piccoli, però, quando ci sono, si rifiutano di parlare la lingua materna e a volte si incontrano madri e padri che si accaniscono a dialogare in italiano con dei bambini che rispondono testardamente in inglese. Sembra proprio che queste nuovissime generazioni, ormai appartenenti al Duemila, si rifiutino di portare avanti la dualità dei loro padri e delle loro madri. Vogliono essere dei piccoli americani a tutti gli effetti, tirati su come gli altri a Coca-Cola e latte vitaminizzato. Vogliono sentirsi parte di una nazione vincente. Cocciutamente fedeli come sanno essere solo i bambini, conformisti per paura, forse per fragilità. Anch'io d'altronde ricordo che da bambina, piccola emigrata involontaria, preferivo essere una strana bionda giapponese piuttosto che una italiana residente in Giappone. Anelavo all'identità linguistica, timorosa di ogni divisione.

La mattina quando scendo per la prima colazione trovo seduti alla tavola gli altri ospiti della casa. Il padrone, di origine tedesca, è un uomo massiccio, alto quasi due metri, indossa calzoncini corti anche quando fa freddo, una maglietta rossa aperta sul collo. Corre fra la cucina e la stanza da pranzo portando grandi frittate e giganteschi pudding alla pera con sopra montagne di panna montata. Ci confessa che ha partecipato ad un corso per confezionare frittate e che sua moglie, dovendosi occupare dei nipoti, l'ha incaricato di servire gli ospiti.

Mi offre del caffè italiano; gli dico che preferisco il tè e lui ritorna poco dopo con una grande tazza di tè livido in cui nuota una striminzita fettina di limone. Lo ringrazio e lui, con repentino cambio di umore, si siede al tavolo per parlarmi con entusiasmo dell'Italia. Capisco che per quell'uomo anziano vestito da bambino il nostro è un Paese arcaico dove le donne vestono solo di nero e gli uomini hanno il coltello facile. Mi chiedo come sia possibile che certi luoghi comuni circolino ancora.

Per fortuna gli studenti hanno idee più attuali sul nostro Paese, spesso ci hanno abitato, ne conoscono le contraddizioni, i pregi e i difetti più segreti. Mi commuove sentirli recitare, durante uno spettacolo del college, i versi di Veronica Franco e di Maffio Venier da un mio testo teatrale sulla Venezia del Cinquecento. Un carattere che colpisce degli studenti americani è l'estrema serietà con cui affrontano gli impegni di studio. «A volte anche troppo seriosi e secchioni» mi dice un insegnante che li frequenta tutti i giorni. «Ma io vengo da un Paese dove niente viene preso sul serio e chi si dedica con passione alle cose è considerato un cretino, un rompiscatole.»

Fa impressione il culto della sincerità. Anche se poi molti mentono, si parte sempre dal presupposto che chi parla dica la verità. Se poi lo si scopre menzognero, sarà condannato duramente. Mentre da noi si parte dal presupposto che tutti mentono e quando uno dice la verità, si stenta a credergli. Non so francamente cosa sia meglio: il cinismo e la capacità di giocare con la verità o la rigidezza e una (qualche volta fastidiosa) seriosità. Quando si è stanchi dell'uno si anela all'altro.

Certo il Texas dà fisicamente l'impressione della potenza americana, fatta di ricchezze infinite e di povertà desolanti, che i benpensanti imputano al liberalismo ma sono piuttosto dovute ad una mancanza di solidarietà sociale. Basta visitare il down town di Houston che si erge come una magnifica foresta moderna, fatta di grattacieli nuovissimi costruiti dai migliori architetti di oggi. La bellezza e l'arditezza delle strutture lasciano senza fiato. Eppure questo centro urbano è completamente privo di vita, salvo nelle poche ore di lavoro diurno. Nessuno ci vive. E di notte splende come una silenziosa città di fantasmi, con le sue luci solitarie, i suoi vetri luccicanti, i suoi acciai eleganti e le sue strade livide su cui corre il vento. Come non vedervi l'espressione di una città futura perfetta e bellissima ma abitata solo da spettri?

5 marzo 2000

CARA, VECCHIA ITALIA

Strana l'Italia vista dal Vermont

Vermont, Stati Uniti. Scuola italiana del Middlebury College diretta da Antonio Vitti. Fra questi boschi sempreverdi, sotto un cielo morbidamente grigio si studia la cultura italiana. Si lavora sodo: gli studenti pagano per imparare la nostra lingua attraverso la letteratura, il cinema, l'arte e la musica. Gli insegnanti devono impegnarsi a parlare sempre in italiano. Io sono qui per tenere un corso di sei settimane sul teatro e il pensiero delle donne.

Si mangia alla mensa comune e si va a prendere il caffè nello stesso bar d'angolo in mezzo ai fiori lilla e ai massi di pietra grigia che sono una particolarità del luogo. L'università dà assistenza continua, dà incoraggiamento e l'uso di una biblioteca che è una meraviglia. In compenso chiede impegno, disciplina, presenza.

L'Italia vista dagli occhi di questi studenti che vengono da tutte le parti del mondo appare contraddittoria e irta di spine anche se sono ansiosi di capire e dimostrano di esserne affascinati. Ma è difficile da spiegare anche per chi, come noi, viene dal Paese della grande musica e della grande pittura e cerca di farlo amare.

Le domande spesso vertono sull'incuria che accompagna l'enorme quantità di opere d'arte di cui siamo in possesso e che incredibilmente non vengono valorizzate, sulla tendenza bizantina della nostra politica, sulla litigiosità della nostra classe dirigente, sull'incapacità di affrontare seriamente i rapporti oscuri e pericolosi fra politica e criminalità organizzata.

Qui al campus gli studenti hanno visto in questi giorni alcuni dei più bei film italiani, sia classici come *Roma città aperta*, *Paisà*, *Germania anno zero* di Rossellini, *Salvatore Giuliano*, *Lucky Luciano* di Rosi, sia i nuovi film di Sorrentino, di Garrone, di Marco Risi, che mettono a nudo le zone oscure della nostra politica. Tutto sembra chiaro, salvo il perché della persistenza di tanti misteri sanguinosi che intorbidano le acque della memoria del Paese. Come mai non si trovano le risposte alle domande che da anni vengono poste da più parti? come mai ancora non siamo riusciti a sapere chi sta dietro all'eccidio di Portella della Ginestra, alla morte di Mattei, alla strage di piazza Fontana, alla carneficina della stazione di Bologna, alla caduta dell'aereo nel mare di Ustica, alle bombe di via dei Georgofili, alla morte di Moro, all'assassinio di Borsellino? Nonostante i tanti processi, le ripetute indagini, le confessioni e le controconfessioni, ancora non si sa con certezza se veramente e in che misura una parte dello Stato italiano abbia complottato e agito contro l'altra parte, quella sana e fedele alla Costituzione. Non sappiamo nemmeno quali siano stati e quali siano i rapporti delle istituzioni pubbliche con la criminalità organizzata, cominciando con il terribile errore compiuto dagli Alleati quando sono sbarcati in Sicilia nel '43: quello di impostare ottimi rapporti – certamente in buona fede, con l'idea di farsi aiutare a controllare meglio il territorio e creare un fronte anticomunista – con la Mafia, nella persona di Lucky Luciano.

Il nostro Paese, visto da questo campus arioso fatto di grandi prati ben tenuti su cui spiccano le famose seggiole di legno a forma di mano, appare tenebroso e complicato. Molti rinunciano a capire. Si affidano all'indubbio fascino delle grandi eredità del passato: i teatri e i templi greci, i palazzi e le terme romane, le chiese medioevali, i giardini rinascimentali, le meravigliose ville del Settecento, la leggera e preziosa architettura Liberty; leggono con gusto nuovo le splendide favole di Boccaccio e di Ariosto, con un occhio alle riproduzioni – da portare a spasso col computer per i grandi viali del campus – di Giotto e Piero della Francesca, Michelangelo e Antonello da Messina.

Per quanto riguarda gli insegnanti, quello che colpisce chi è abituato a lavorare nel nostro Paese è la mentalità concretamente sperimentale e la serietà degli intenti. Il cui aspetto negativo può essere la mancanza di umorismo. Ma la ferrea regola della meritocrazia, per cui tutti accettano di essere valutati, misurati e mandati avanti se dimostrano iniziativa e volontà, altrimenti esclusi senza pietismi dai luoghi dell'apprendimento e quindi dalle future possibilità di lavoro, è per noi una scoperta che lascia sorpresi e ammirati.

Un insegnante non può esimersi dal ricevere uno studente, per quanto petulante, per quanto noioso, in qualsiasi ora della giornata. Un insegnante non può sottrarsi alle sue lezioni né mandare dei sostituti, se proprio non sta a letto con la febbre alta. Un insegnante deve sottostare al giudizio (scritto) dei suoi alunni e non può mai barare sulla preparazione e sulla buona volontà che viene messa sotto scrutinio molte volte al giorno.

Certamente non è facile insegnare negli Stati Uniti. Ma neanche apprendere. Quello che si chiede agli insegnanti lo si pretende anche dagli allievi: presenza continua, attenzione, riguardo per gli altri, conoscenza della materia, disciplina, vita in comune, capacità comunicativa, rigore, onestà intellettuale.

La mattina mi alzo con l'angoscia di quello che dirò in aula ai miei studenti. Sarò all'altezza? saprò essere convincente? Ogni giorno bisogna guadagnarsi la loro fiducia e la loro stima. Non esiste nessuna superiorità acquisita da parte degli insegnanti, solo una esperienza in più da consegnare a chi è giovane. E con la sensazione viva che il giudizio dei discenti parta dalla concretezza di una relazione basata sullo scambio intenso e onesto fra generazioni, senza un trucco, una prepotenza, un abuso.

La cosa più contraddittoria in questo campus così ordinato e pulito sono i rumori. La mattina alle sette comincia il tagliaerbe sotto le finestre. Mi chiedo perché una macchina che tosa il verde debba fare tanto chiasso. Hanno inventato congegni sofisticati che approdano sulla luna e non sono capaci di costruire un meccanismo semplice come un falciaerbe silenzioso! E poi l'attrezzo infernale passa ogni due giorni, costringendo i poveri prati a sbrigarsi nel crescere, altrimenti non ci rimarrebbe che la terra brulla.

Inoltre, curiosamente, la strada principale del paese passa al centro dell'università e ogni mattina si sentono i camion che cigolando e sbuffando corrono verso sud senza tenere conto dei divieti. Strano davvero per una piccola comunità così attenta ai diritti di chi studia.

Gli universitari sono il sale e l'ossigeno di questa piccola città che ha apparecchiato per loro i suoi negozi, i suoi ristoranti, i suoi caffè sempre affollati, nonostante la mensa e i ristori del campus. Il luogo comune vuole che siano tutti figli di ricchi questi ragazzi. L'università privata costa cara e per ottenere buoni voti, bisogna rigare dritto. Senza buoni voti fra l'altro non si hanno prospettive di lavoro. L'incentivo allo studio è forte, la pressione continua e assillante. Ma allora, mi chiedono spesso gli amici italiani, le università americane sono solo per gli abbienti? chi si può permettere una media di sessantamila dollari all'anno, fra tasse, mantenimento e studi specializzati?

Il sistema di studio americano è complesso. Anche le università più costose e prestigiose dispongono di centinaia di borse di studio per studenti poveri che abbiano dimostrato capacità di apprendimento. Tanti ragazzi di famiglie indigenti si pagano gli studi lavorando per l'amministrazione o l'organizzazione del campus. Altri dispongono di crediti agevolati. E ci sono, oltre agli aiuti dello Stato, grandi quantità di fondazioni private che versano costantemente soldi agli atenei. Gli Stati Uniti alla fine spendono per studente più del doppio della media dei Paesi dell'OCSE, ossia circa 22.000 dollari contro 10.000, e altre entrate provengono costantemente da ex allievi e filantropi (nel 2004 le donazioni private alle università assommavano ad oltre 24 miliardi di dollari). La Francia ne spende 10.995, la Germania 12.446, l'Italia 8026.

Un'altra sorpresa per chi viene da Paesi del Mediterraneo: nel campus non ci sono recinzioni, muretti di cinta, fili spinati, e nemmeno grate protettive alle finestre pianoterra. Sembra il paradiso dei ladri. Eppure non si verificano furti se non qualche volta fra studenti. Così come anche i casi di violenza sessuale sono in genere compiuti da studenti su studentesse.

La piccola città di Middlebury è consapevole di dovere la sua sopravvivenza all'Università e cerca in tutti i modi di venire incontro agli universitari, anche nelle esigenze più sofisticate; ci sono diversi negozi di prodotti biologici, decine di magazzini che vendono l'usato: bellissime camicie quasi nuove, scarpe, pantaloni, cappelli, borsoni a metà prezzo. Queste sono le incoerenze delle nuove generazioni americane: pronti a spendere di più per mangiare sano, e sempre meno per vestire elegante o costoso. Di librerie ce ne sono due, mentre si possono frequentare almeno quattro rivendite di libri usati. È lì che trovo, frugando fra gli scaffali, mentre dal banco sale un buon odore di tè verde, *The White Goddess* di Robert Graves e *The Making of Italy* di Denis Mack Smith che andavo cercando da tempo.

Gli studenti passano molte ore fuori, all'aperto, sotto le larghe fronde degli aceri a leggere e studiare. A parte le zanzare verso il tramonto, si sta molto bene. L'occhio è ripetutamente catturato dalla corsa di qualche scoiattolo bigio o fulvo. Si muovono con cautela, velocissimi, pronti ad accorrere ad ogni offerta di cibo. Non hanno paura di niente eppure sono timidissimi. Ghiotti di semi e di nocciole vengono a prenderli quasi dalle tue mani e se ne scappano stringendo in un gesto comico, quasi umano, la preda fra le due zampine anteriori, sbandierando la bellissima coda folta.

Faccio lezione la mattina alle nove, a dodici studenti. Due di troppo rispetto allo standard dell'università. Per avere un buon rapporto di scambio con gli allievi si è calcolato che non possono essere più di dieci. E le classi sono tutte piccole, fornitissime di strumenti tecnologici.

Non si può fare a meno di stabilire un rapporto di amicizia. I miei studenti sono attenti e motivati. C'è il brasiliano che vuole fare il giornalista, c'è la francese che ha sposato uno di Boston, c'è la figlia di un immigrato calabrese che parla a stento l'italiano, c'è l'argentina che abita in Virginia, qualche volta si presentano anche degli uditori. Sebbene mi diano del lei e mi parlino con rispetto, si crea presto una corrente di simpatia e di reciproca fiducia. L'ambiente è piccolo, ci si vede a pranzo e a cena alla mensa comune, ci si trova a frequentare la stessa biblioteca dagli immensi scaffali zeppi di libri. Fra l'altro ricchissima di testi italiani, anche rari.

Un pomeriggio mi seggo a prendere un tè verde con tre studentesse colte e intelligenti. Tutte e tre sono di origine italiana ma la loro madre lingua è ormai l'inglese. Chiedo cosa provino per l'Italia, se ne sono incuriosite, se hanno voglia di tornarci, se si sentono vicine a ciò che scrivono i romanzieri, a ciò che filmano i registi, se quello che le spinge oggi a studiare l'italiano sia in qualche modo legato a curiosità e affetto per le radici lontane.

Le loro risposte sono varie, ma risulta chiaro che mentre le prime generazioni di immigrati erano ansiose di integrarsi e perciò avevano fretta di dimenticare la lingua madre e spingevano i figli a fare gli americani puri, alla terza generazione torna a galla una specie di nostalgia per le radici dimenticate: la curiosità di conoscere da dove venissero i nonni e perché abbiano lasciato una terra bellissima per venire a faticare e patire in America.

In casa loro si parla un italiano balordo, fatto di dialetto innestato in un *Pidgin English* che nessuno capisce tranne lo stretto gruppo di persone che provengono dalla stessa regione, anzi dalla stessa cittadina, addirittura dallo stesso campanile.

Molti sono tornati in Italia, da studenti, per cercare di capire, di vedere, di riconoscersi. Ma spesso ne sono scappati spaventati. Troppo difficile da penetrare il linguaggio sociale e politico, troppo complicati i rapporti con gli altri giovani.

Ma fino a che punto un insegnante può entrare in confidenza con i suoi studenti? fino a che punto può accettare di ascoltare i loro problemi, sentirli esporre le loro sofferenze e le loro gioie? Per fortuna le sei settimane terminano presto e io mi trovo a salutarli. La mia tendenza a mettermi nei loro panni non è stata esagerata? Quando mi chiedono di dare per scritto i voti a ciascuno di loro, sono presa dal panico. Il voto mi è sempre stato indigesto. Potrei scrivere il ritratto di ogni studente, potrei parlare del loro pensiero, della loro volontà, del loro talento, ma non riesco a concretizzare questo giudizio in un voto. Mi sembra limitativo. E invece lo vogliono, fa parte del contratto di lavoro e passo una notte insonne pensando a cosa fare. Antonio Vitti capisce le mie perplessità e mi aiuta suggerendomi di allargare la parte descrittiva dei caratteri e della capacità di lavoro di ciascuno anziché concentrarmi sul voto, anche se non è previsto dal regolamento. Finisco così per mettere voti alti, quasi a caso. Nel frattempo vengo a sapere che tutti e dodici, meno uno, hanno espresso una votazione più che favorevole nei miei confronti. Qualcosa sembra essere passato fra me e loro. Se sono riuscita a comunicare un briciolo della mia grande passione per la lettura è già molto.

Lui e la sua magra e bella moglie ballerina vengono a prendermi tutti i giorni verso mezzogiorno, per andare alla mensa. Il suo piglio nel dirigere l'intera scuola, la sua passione per il cinema, la sua energia creativa, lo rendono simpatico a tutti.

Me ne vado con molte nostalgie. Per i grandi boschi di acero che circondano il campus, per il lago vicino che separa il Vermont dal Canada, sempre plumbeo e maestoso, per le chiacchierate alla mensa comune, per i film visti insieme la sera, per le passeggiate vicino alla cascata che divide il paese in due, per le conversazioni accese sui libri, sulla guerra, sulla pena di morte, ma anche sui cibi, sul pensiero europeo, sul Risorgimento, sull'attesa, sul teatro e tante altre cose che ci facevano brillare gli occhi.

14 luglio 2009

Jakarta Kuala Lumpur Hanoi: una voglia d'italiano

Nel mondo lo studio della nostra lingua è in ascesa. Strana realtà a cui gli italiani non fanno molto caso. Perfino in zone non di emigrazione italiana, come in Indonesia o in Malesia o in Vietnam. Vengo appunto da un viaggio in quei Paesi dove ho trovato un pubblico di giovani ansiosi di apprendere l'italiano.

Molti si chiedono il perché di questo interesse. Le risposte sono varie: c'è chi lo attribuisce alla moda italiana, sempre più presente nei mercati internazionali. Altri fanno riferimento alla musica: il canto d'opera è italiano per eccellenza. Perfino Mozart ha voluto un librettista italiano. E come è bella la lingua di Lorenzo Da Ponte! Altri invece dicono che il segreto sta nella popolarità del cinema italiano, visto in originale con i sottotitoli.

Fatto sta che le scuole di italiano crescono e gli studenti si infoltiscono. Sarebbe importantissimo investire in questo senso. Finora lo si è fatto in forme sporadiche. Il ministero degli Esteri è sempre stato attento agli scambi. In più ci sono antiche università, come quelle di Siena o di Bologna, che offrono ogni anno decine di borse di studio a ragazzi che intendono approfondire la nostra lingua. Alla fine del primo decennio degli anni Duemila però le cose si mettono male: molte università sono costrette a tagliare le spese e addio scambi. Eppure si tratta di un investimento che a lungo termine porta denaro e prestigio. Ma a volte siamo ciechi e sordi di fronte alla difesa delle nostre ricchezze. Mi sono sentita dire: «La vostra è una grande potenza culturale». Non economica, si badi, non militare, non industriale, ma culturale. Non sarebbe il caso di investire su questo futuro?

È commovente vedere una ragazza di diciassette anni dagli occhi a mandorla e i capelli corvini che ti si rivolge in un italiano compìto e gentile per dire che vorrebbe sapere di più della storia di questa "lingua melodiosa". Cerco di raccontare le contraddizioni che ne hanno accompagnato la crescita. La prima a nascere in Europa, frenata poi nel suo sviluppo dalla Chiesa che credeva soprattutto nel latino. Basti ricordare quello che accadde a Galilei che scrisse il *Discorso intorno alle cose che stanno in su l'acqua* e fu accusato dalla Chiesa e dalla società scientifica di *laesae humanitatis* perché aveva usato il volgare anziché il latino, lingua dei dotti e degli scienziati.

Jakarta è una città caotica, in cui è difficile muoversi. Per arrivare alla università bisogna guidare per ore, fendendo un traffico mostruoso, fatto di pedoni che spingono carretti colmi di merce, di biciclette sovraccariche di pacchi, di motorini (la nostra Vespa è molto ambita) che corrono in tutte le direzioni, senza minimamente badare alle regole, disinteressati al colore del semaforo, tagliando la strada, superando a sinistra, infilandosi fra le auto con movimenti da sciame di uccelli. Proprio come quelli che si vedono al tramonto nei cieli di Roma: si precipitano in massa verso l'orizzonte e improvvisamente cambiano direzione spingendosi dalla parte opposta, si buttano a precipizio verso il suolo e poi si rialzano inaspettatamente verso l'alto.

A Jakarta partecipo a un festival internazionale in cui si incontrano poeti e scrittori malesiani, indonesiani, olandesi (Jakarta è stata per secoli colonia olandese). Ciascuno legge un pezzo e poi si discute. Interessantissima la testimonianza di un olandese di madre indonesiana che ha spiegato cosa vuol dire sentirsi "diviso e solo". In Olanda è considerato uno straniero, in Indonesia pure. Sono i problemi dell'identità linguistica e culturale in un mondo che sta affrontando i più grandi movimenti migratori degli ultimi secoli.

Quello che fa interessare a me gli altri partecipanti all'incontro è il fatto che sia cresciuta in Giappone e abbia cambiato lingua a nove anni. Cosa vuol dire trasmigrare da una lingua all'altra? esiste una condivisione della memoria storica? e cosa significa identità? e quando rischiamo di perderla? Se ne discute con vivacità. Diversi gli atteggiamenti e il modo di affrontare il tema, ma su una cosa sono tutti d'accordo: la cultura è una sola. Altrimenti come potremmo capire una bella poesia di Sapardi Djoko Damono tradotta in inglese o un romanzo di Calvino tradotto in indonesiano? Lo scrittore deve lavorare sull'universale pur coltivando il particolare.

Ma i giorni trascorrono veloci ed eccomi volare in Malesia che è una terra di grandi risorse. Non abbiamo un Istituto di cultura purtroppo. L'ambasciata si appoggia all'università statale dove scopro un inaspettato calore nei riguardi del nostro Paese e della nostra lingua.

La città di Kuala Lumpur è tutta protesa verso l'alto, pulita e ben tenuta, per lo meno nel centro, e disseminata di giardini. Passeggiarvi la sera è disorientante: ci si chiede quale sia il nesso fra le immagini di povertà e degrado che ci arrivano via televisione e l'imponenza della nuova architettura che sembra evocare soprattutto arditi slanci economici, strategie di multinazionali, filosofia di mercato. Le due torri famosissime, alte quasi cinquecento metri, di ferro e vetro, sono in effetti molto belle. Rappresentano i primi esempi di una architettura non copiata dall'Occidente. Nonostante che le due torri rotonde e sfaccettate siano state costruite da un ingegnere argentino naturalizzato statunitense di origine italiana, Cesar Pelli, riescono a combinare con grande eleganza il gusto della linea spezzata, della rotondità e della frammentazione tipicamente asiatica con le linee razionaliste della tradizione occidentale.

La terza tappa è il Vietnam. Anche Hanoi è priva di un nostro Istituto di cultura. La conferenza stampa si tiene nella sala della residenza diplomatica, un villino elegante in stile coloniale, contornato da un folto giardino, nel centro di una città rallegrata da due magnifici laghi. Anche qui mi stupisco della popolarità e dell'interesse che desta la nostra lingua. E mi chiedo se non siamo solo noi a disprezzarla e maltrattarla, infarcendola di parole inglesi, trascurandone la bellezza e la capacità di adattarsi con intelligenza e originalità alle novità tecnologiche. L'editore che ha pubblicato il mio libro sembra uscito da una antica fiaba giapponese: quella di due anziani coniugi che desiderano tanto un figlio ma non possono averlo. Un giorno, aprendo una pesca, vi scoprono nascosto un bellissimo bambino dal sorriso ingenuo e candido. L'editore dal bel sorriso è giovanissimo come giovani sono i giornalisti: tutti sui vent'anni. Annotano ogni parola con cura e poi fanno domande che suonano sapienti, ma anche semplici e fiduciose.

Nelle pause di riposo leggo il bellissimo saggio di Mary McCarthy sul Vietnam che è una appassionata accusa alla sua America, presa da una furia anticomunista che le fa perdere di vista la realtà delle cose più semplici. Molte riflessioni sono di perfetta attualità. Leggo anche il diario di viaggio di Goffredo Parise *Due, tre cose sul Vietnam*, scritto con stile rabbioso e musicale.

Hanoi è una città stranissima, veramente dissimile da tutte le altre consorelle asiatiche. Non si vedono quasi grattacieli. Le sue case non raggiungono i quattro piani e sono strette e lunghe e fanno pensare a delle quinte di teatro. La ragione di questa verticalità, mi dicono, sta nel fatto che si pagavano le tasse secondo la larghezza delle facciate e quindi gli abitanti si sfogavano nell'altezza. Certo che la teatralità favolosa di questo stile non finisce di stupire e costituisce la singolarità di Hanoi. Il traffico è caotico, ognuno suona il clacson in continuazione, con snervante ossessività. Dappertutto si vedono bandiere rosse con la stella d'oro. Il Paese si definisce socialista e forse del comunismo ha conservato una certa abitudine al lavoro collettivo, alla disciplina. Si vede che è una città laboriosa, che si alza all'alba e va avanti a lavorare fino a notte. Nel suo interno conserva templi buddisti ancora molto frequentati che sbucano in mezzo alle case come piccoli rifugi silenziosi, abitati da monaci rasati. Gli scrittori si lamentano della censura. Tutto deve passare attraverso gli occhi attenti della "coscienza del partito". Una coscienza purtroppo spesso eccessivamente burocratizzata. Mi chiedo se sia il socialismo a trattenere il Vietnam dal trasformarsi in una città di grattacieli e di banche, o se si tratti solo di un ritardo delle strutture economiche. C'è da sperare che le tante guerre attraversate nel Novecento gli diano il coraggio di andare verso la democrazia senza perdere il gusto di un passato di grande tenuta e profondità. L'amore per la saggezza e lo spirito unitario di Ho Chi Minh fanno sperare bene.

13 novembre 2009

Un po' d'Europa in Uruguay

Mi piace conoscere le città straniere attraverso i loro teatri. Montevideo è una città particolarmente innamorata del teatro. Ne ha più di quaranta e tutti funzionanti a pieno ritmo. Alcuni sono di grande bellezza e raccontano, a chi sa ascoltarli, storie di antiche glorie sceniche. Tutto il teatro italiano più popolare degli anni Venti e Quaranta, a cominciare da Pirandello ed Eleonora Duse, è passato per questi palcoscenici lasciando ricordi sfavillanti. La maggior parte di questi teatri sono stati costruiti ai tempi felici delle grandi esportazioni di carne, quando Montevideo è fiorita come un cactus nel deserto per una improvvisa pioggia d'oro e si è popolata di deliziose ville Liberty, di preziosi giardini all'italiana, di caffè danzanti, di teatri per l'opera e per la prosa, di passeggiate lungo il fiume, di una rete funzionale di ferrovie che congiungevano la capitale con l'interno del Paese.

I pianoforti allora arrivavano per nave, tutti impacchettati, dalla Germania, i lampadari da Venezia, i trumeau di legno intarsiato da Parigi, il damasco e il lino da Bruxelles, gli specchi incorniciati da Amsterdam. E con i mobili e i gioielli Art déco arrivavano anche i libri, le pubblicazioni politiche, le idee di uguaglianza e di libertà. Montevideo è stata per quel lungo periodo che va dalla fine dell'Ottocento ai primi trent'anni del Novecento un centro accogliente per profughi di ogni genere: rivoluzionari, letterati e filosofi, politici e scienziati.

È stata per decenni un piccolo centro europeo chiuso in mezzo a un continente in ebollizione e ha saputo fare convivere senza troppi contrasti i lavoratori di pelle nera con gli artigiani venuti dalla Spagna e dall'Italia, i proprietari di terre con i commercianti di città. Basta inoltrarsi lungo le stradine dei vecchi quartieri per capire cosa doveva essere questa città che difendeva con passione le ragioni del "progresso" contro la "barbarie" delle comunità pastorizie che la stringevano da tutte le parti. I quadri di Juan Manuel Blanes, un pittore morto ai primi del XX secolo, raccontano splendidamente, anche se con qualche manierismo, le storie contraddittorie di questa struggente città: la vita raffinata delle famiglie borghesi da una parte, le abitudini crudeli dei gauchos dall'altra, i teatri dei conquistadores spagnoli sempre pieni di artisti stranieri e le affumicate fattorie in cui lavoravano i servi neri portati dall'Africa. Ma forse, meglio di Blanes, un altro pittore più ingenuo e spontaneo, Pedro Figari (1861-1938) sa farci capire cosa fosse l'Uruguay dei primi del Novecento. La sua mano è leggera e felice e ci rivela, sorniona, le storie dei bianchi e dei neri colti nei momenti più significativi della loro convivenza: un battesimo, un funerale, un ballo, un pranzo in famiglia, un raduno in chiesa. Il grande serbatoio di vita, la strada liquida che conduceva ai Paesi vicini era il Río de la Plata che ancora oggi porta rapidamente a Buenos Aires. La civilissima Montevideo disponeva anche di una rete ferroviaria costruita dagli inglesi e di alcune bellissime stazioni dai grandi archi di ferro nello stile dell'ingegner Eiffel.

Un episodio curioso: Giovanni Veltroni, architetto italiano a cavallo tra due secoli, aveva disegnato un bellissimo progetto di un complesso di giardini e saloni per le terme di Montecatini. Ma il suo progetto, pur stimato e ammirato, non fu accettato. E lui, amareggiato, partì per le Americhe. Approdò a Montevideo dove gli commissionarono proprio quei giardini che non aveva potuto realizzare in Italia. Dopo i giardini vennero le ville e i palazzetti e oggi molte costruzioni dei vecchi quartieri portano la sua firma. Ma le memorie architettoniche di questa epoca felice si stanno sfaldando. Le belle ville dalle grandi vetrate colorate, le eleganti scalinate a ventaglio, i fregi floreali attorno alle porte e alle finestre, ogni cosa viene distrutta brutalmente per fare posto a enormi palazzi condominiali senza stile e senza grazia.

L'intera rete ferroviaria è oggi abbandonata e fra le rotaie crescono le ortiche. I magnifici archi di ferro e vetro delle stazioni stanno crollando. I mobili amorosamente trasportati da una parte all'altra dell'oceano sono stati venduti ai più ricchi argentini, i pianoforti giacciono, scordati, in qualche cantina; i quadri d'epoca sono stati ceduti o persi chissà dove. Oggi solo la città vecchia conserva qualche brandello dell'antica Montevideo, ricca e cosmopolita, colta e ambiziosa. Nei quartieri nuovi dominano i criteri ferrei della speculazione: spazio ridotto al minimo, costi altissimi, materiale povero e scadente. Eppure è una città piena di sorprese. Per esempio si scopre che una vecchia suora e l'ambasciatrice italiana, la signora Ratzenberger, mantengono a loro spese una mensa per i bambini poveri nel quartiere più degradato della città. Si scopre che esiste un gruppo di donne combattive che sotto la guida di Silvia Tron hanno costituito una associazione di giornaliste uruguayane che interviene a criticare le azioni del governo e della stampa. Si scopre che gli attori e i registi di questo Paese lavorano gratuitamente per il teatro perché lo Stato non finanzia le compagnie come si fa da noi e tutti hanno un secondo lavoro con cui si pagano il primo. Come la tecnica delle luci del teatro Notariato (diretto da una donna di grande valore, Nancy Bacelo), che la mattina fa pratica medica in ospedale e la sera si siede dietro le quinte a guidare i riflettori.

Si scopre che l'Italia è molto amata e i suoi film e il suo

teatro sono ricercati. Parecchie sono però le difficoltà di accesso. Per questo l'attuale vulcanico direttore del nostro Istituto, Angelo Mazzone, organizza ogni anno le giornate del cinema italiano barcamenandosi fra le esosità dei distributori, l'impotenza degli autori e i pochissimi soldi che lo Stato concede per le attività culturali all'estero. Ma questa degli Istituti di cultura è un annoso e dolente discorso: perché i francesi spendono cento dove noi a stento spendiamo dieci? Perché tanta sfiducia nel più fertile e nel più prestigioso degli investimenti? Qualcosa, lo so, per lo meno nel cinema si sta muovendo, ma con che fatica! A quando un poco più di intelligente mobilità culturale?

18 novembre 1997

Santiago: un sogno a occhi chiusi

Santiago, ottobre. Un inizio di primavera carico di piogge acide e nuvole nere. Odori delicati di magnolie che si schiudono e odori nauseabondi di scappamenti di vecchie automobili. Dicono che sia la città più inquinata del mondo. Per la sua posizione incassata fra le montagne, per la scarsa circolazione dell'aria. Eppure su queste strade gli autobus corrono allegramente sbuffando nuvole di fumo nero. Qui gli architetti sembrano particolarmente interessati a sperimentare arzigogolate imprese ingegneristiche: palazzi lucidi di vetro e ferro, di vetro e marmo svettano contro cieli barocchi suggerendo l'idea di un mondo futuristico e ultratecnologico. Ma lo sguardo che prosegue lungo le linee ardite dei grattacieli cala di colpo su una casupola dal tetto di tegole rotte e subito dopo su costruzioni sgangherate da luna park. All'armonia si sostituisce un disordine tetro e rocambolesco.

Strana città Santiago, ai margini del mondo, con una nostalgia evidente per la centralità. L'impressione è che ci si rivolga agli Stati Uniti come allo struggente centro di ogni seduzione formale: New York forse, o Chicago, con le loro arditezze architettoniche, le loro magnifiche sfide alle leggi di gravità. La città è attraversata dal fiume Mapocho che si muove in modo curioso apparendo e scomparendo nei punti più impensati, lasciando dietro di sé chiazze di detriti grigiastri e sterpaglie annerite dallo smog. Due colline chiudono l'orizzonte a nord: il dorso di San Cristóbal e quello di Santa Lucia, che sembrano sfidarsi rabbiosi. Uno, forse il vincitore della sfida, brandisce sulla sua cima un'enorme e stucchevole statua di marmo bianco raffigurante la Madonna. È la prima visita che facciamo, a bordo di uno sgangherato taxi dai finestrini rotti per "vedere la città dall'alto". L'autista ci racconta dei suoi parenti italiani: «L'abuelo e la abuela sono di Genova». Ma il suo italiano si ferma lì.

I racconti sui miracoli della Madonna zuccherina ce li fa in un divertito e roco castigliano. Ci imbatteremo in tanti come lui, di origine italiana, ma che non hanno nemmeno mai messo piede nel Paese degli "abuelos" e ricordano solo qualche parola in dialetto. L'Italia per loro è un'astrazione, un sogno manierato di cui non sanno bene che fare. In alto, sulla collina, siamo immersi nella solita paccottiglia turistica. Dai muretti lo sguardo scivola sulle difformità caratteristiche di questa città che contiene in sé le gioie di un benessere e di una libertà da poco conquistati ma anche i veleni di una crisi incombente. Facciamo conoscenza con la Casa italiana dai giardini ben tenuti, gli eleganti campi da tennis, le piscine coperte e scoperte. «Qualcuno si lamenta che si tratta di un posto solo per ricchi» mi dice un altro nipote di immigrati. Ma sta di fatto che molti spettacoli italiani e molti concerti approdano in queste sale ben tenute e bene equipaggiate. I giardini splendidi sono oggi invasi da un'orda di bambini in pantaloncini blu e camicia bianca. Le ragazzine si trascinano dietro la racchetta da tennis, portano i calzettoni di cotone arrotolati sulle caviglie e i capelli legati in una treccia che pende sulla schiena. Si muovono come tante Svetlane dagli occhi ridenti, sicure di sé e del proprio futuro.

La gentilissima direttrice, chiusa in un tailleur grigio perla, dirige con voce suadente i tecnici del suono e delle luci che in poche ore montano i microfoni e i riflettori come vogliamo noi. Alle otto, mentre noi raccontiamo su un soffice palcoscenico la storia di una monaca ribelle ai grandi progetti della Chiesa, in una sala vicina alla nostra si recita un rumoroso musical dal titolo nostalgico di *Cara vecchia Italia*, con un profluvio di cantanti, dicitori, ballerine con vestito regionale e tamburello in mano. Finito lo spettacolo si può anche cenare alla mensa della Casa, che non ha niente da invidiare ad un buon ristorante del centro i cui piatti mescolano sapientemente i gusti tradizionali italiani con le vecchie abitudini culinarie madrilene o basche. «Una città molto cattolica ma tollerante e gentile» mi dice l'accompagnatore «qui la gente non parla volentieri di politica come da voi, ma non è insensibile a ciò che succede nel mondo. Pinochet se n'è andato, ma i suoi lasciti sono ancora pesanti. Le leggi più innovative del Parlamento, per esempio, vengono di solito bocciate in Senato da un folto gruppo di senatori che erano stati messi lì da lui.»

All'Università Cattolica parlo del teatro e delle sue metamorfosi, della Commedia dell'Arte che per prima ha fatto della libertà femminile un tema scenico dirompente che ha attraversato l'Europa del Cinquecento come un ciclone. Racconto della poetessa e prostituta veneta Veronica Franco, e di suor Juana de la Cruz, monaca di clausura e drammaturga attentissima alle vicissitudini del linguaggio. Curioso che, fra le antenate letterate, le più originali e prolifiche siano nate nei conventi o nei bordelli eleganti di società raffinate. Lì dove, se pur prigioniere, le donne disponevano di maggiore libertà di espressione. Fare teatro sulla lacerazione fra libertà di pensiero e sentimento di appartenenza è possibile? Questo è uno dei grandi temi proposti dalle monache scrittrici dei secoli scorsi. Suor Juana Inés de la Cruz, pur non essendo una mistica, pur coltivando un'idea tutta laica e razionale della conoscenza e del sapere, non ha mai voluto allontanarsi dalla Chiesa, nemmeno quando questa crudelmente le ingiunse di bruciare le sue carte per dedicarsi alla cura dell'orto.

Uscendo dall'università una signora mi si avvicina e mi mette in mano un biglietto: "Per mia esperienza non c'è contraddizione fra ragione e ubbidienza" c'è scritto a caratteri piccoli e fermi. Mi sembra di tenere in mano il cuore tenace di una città. Questa fiducia nelle ragioni amorose dell'ubbidienza sono proprie di un certo modo di intendere la fede di oggi. Eppure suor Juana, con tutto l'amore per la sua Chiesa, non sembra convinta di questa coincidenza fra libertà e sottomissione. Il suo "ubbidisco" assomiglia a quello di Galilei, ed è più dettato da una ragione politica che da un'urgenza spirituale. Si tratta come al solito di dare un valore al dubbio. Poiché la conoscenza procede per dubbi e interrogativi, può la fede convivere con l'ansia di capire? «La fede è un atto di conoscenza» insiste la signora gentile «la libertà è condizione perché ciò avvenga.»

La sera, il direttore dell'Istituto italiano di cultura, il professor Morosi, con le sue figlie sagge e belle come due dee dell'abbondanza, ci offre una cena messicana, «visto che avete preso a simbolo del vostro discorso teatrale una monaca di quel Paese». Il peperoncino abbonda sui pasticci di carne e avocado. Io che non mangio carne mi rimpinzo di gallette dal sapore aspro e piccante. Un sapore antichissimo che certamente conoscevano i vasai precolombiani: il museo che rapisce i nostri occhi è zeppo di recipienti di terracotta dalle forme animali: rane con gambe di bambino, pesci con mani di uomo, serpenti con testa di ragazza. Tutti in posizioni buffonesche, chi col sedere per aria, chi con le gambe incrociate e il mento appoggiato acrobaticamente su una mano rovesciata, chi intento a fumare strane pipe giganti. Tutti sembrano aspettare qualcosa con comica pazienza. Ma cosa aspettano?

La più splendida visione di questo viaggio rimane però la costa di Isla Negra dove il mare si rovescia con impeto rabbioso su irte rocce grigie, e la sabbia fine come cipria si lascia spruzzare da alte onde bianche profumate di alga. Ogni cosa è spazzata da un vento umido e insistente. "*El viento es un caballo*" scrive Neruda "*óyelo cómo corre / por el mar, por el cielo.*" (Il vento è un cavallo / guardalo correre / per il mare, per il cielo.) E fra mare e cielo se ne sta appollaiata la sua casa oggi trasformata in museo. Più che la casa di un poeta sembra, a dir la verità, il magazzino di un collezionista nevrotico: migliaia di bottiglie di vetro di varie forme e colori, centinaia di pipe di tutte le dimensioni, quadri di barche a vela, grandi e piccole, sottocoppe di cristallo, mobili da nave, conchiglie di ogni dimensione, stelle marine, ancore d'acciaio, bussole, perfino cessi di navi affondate raccolti sui fondali. Le più poetiche presenze sono le polene di legno rosicchiato dall'acqua, protese fra una poltrona e l'altra in un piccolo salotto dal pavimento di pietra: una ragazza indomita dai capelli al vento, un vecchio sileno dagli occhi piangenti, una giovane bruna dalla faccia disperata. Sono fantasmi che popolano un sogno a occhi chiusi come scrive Neruda "dentro cui mormora un'acqua nera".

1° novembre 1997

MEMORIA E MEMORIE

Le montagne azzurre dello Yemen

Assistiamo sorpresi e smarriti a un processo di imbarbarimento del mondo intero. In Africa, in Asia, dove fino agli anni Settanta del Novecento si viaggiava tranquilli senza difese, ora dopo meno di un trentennio è prudente andare in giro armati, possibilmente in compagnia numerosa. Perfino chi abita lì da anni, se solo è proprietario di una casa o di un giardino o di una automobile, è costretto a vivere asserragliato, con guardie armate di fucile alla porta.

Le strade del mondo sembrano diventate campi di battaglia anziché vie di pellegrinaggio e conoscenza e scambio.

Lo Yemen, questo Paese dalle grandi alture e le strepitose discese verso il mare, questo Paese in cui le montagne azzurre sembrano scivolare costantemente verso le pianure di un verde pietroso, questo Paese dai cieli alti e le nuvole che corrono festose come frotte di cammelli, questo Paese dalle città fantasmagoriche come Sana'a, dai grattacieli di fango dipinti di bianco e di rosso, questo Paese povero, un tempo accogliente e pacifico, è diventato un luogo di paura e di sospetto.

Ricordo ancora un viaggio fatto con Pasolini e Moravia nei tardi anni Sessanta. Siamo arrivati con un vecchio aereo ad elica atterrando in un aeroporto dalle piste cortissime, a ridosso delle montagne. Ci siamo arrampicati con una jeep su per i tornanti di una strada nuova appena costruita dai cinesi, verso la fiabesca città di Sana'a. Che ci è apparsa improvvisamente all'orizzonte come una piccola fantasia magrittiana – la città sospesa, la città rovesciata, la città dalle pietre di merletto.

La prima cosa che ci ha colpito era la completa mancanza di asfalto. Le strade erano sterrate, senza luci, e non c'erano alberghi in cui soggiornare. Abbiamo dormito in un ostello per militari, in cui ci hanno messo a disposizione un camerone con decine di letti, corredato da un unico bagno sporchissimo. Alla mensa in fondo a lunghi corridoi su cui si aprivano altri cameroni pieni di militari, servivano montagne di riso con grasso di montone e filetti di carne secca, salatissima. Birra a volontà, ma solo cinese. Ricordo Alberto che girava per i corridoi cercando un asciugamano che non c'era. Abbiamo dovuto usare il lenzuolo del letto che d'altronde aveva l'aria poco pulita. L'acqua era solo fredda e colava da un unico rubinetto dentro una specie di vasca-abbeveratoio per cavalli.

Ricordo i militari che entravano e uscivano dall'ostello, armati di grandi coltelli ricoperti di perline colorate, i piedi nudi «non ci sono soldi per le scarpe. D'altronde qui i giovani sono abituati a girare a piedi scalzi». Erano gentilissimi con gli stranieri. L'accoglienza è un dovere religioso e il visitatore doveva solo temere lo sciame di bambini che spesso si intrufolavano nelle case per rubare un pezzo di pane, un frutto, qualche centesimo.

D'altronde di turisti se ne vedevano pochissimi, probabilmente perché non c'erano alberghi dove alloggiare. L'impressione era di un Paese molto povero ma orgoglioso e autonomo, dove la povertà non era una vergogna a cui rimediare, non era un segno di debolezza sociale, ma un destino celeste a cui le persone si adattavano con candida serenità.

Pier Paolo che cercava un posto per girare il suo film era incantato da quei palazzi di fango rossiccio dalle finestre incorniciate di gesso bianco. Giravamo dalla mattina alla sera con la testa all'insù. Chi ci accompagnava – le guance gonfie di qat, un'erba che dà energia – raccontava storie antiche in cui lo Yemen commerciava con i greci l'*aromata*, ovvero l'incenso. Raccontava di un Paese talmente ricco di fonti e di sorgenti da somigliare al paradiso sognato dai grandi poeti dell'antichità. Raccontava di case sporgenti sulle strade dalle cui finestre venivano giù in certe ore del mattino le orine di tante abitazioni senza cesso. Ma all'interno si aprivano giardini colmi di fiori profumati e di frutti preziosi.

Da Sana'a siamo scesi ad Hodeida, la città del caffè. Parlare di città è comunque eccessivo. Attraversavamo villaggi poveri ma ben organizzati, con tende e letti all'aperto per sfuggire al caldo cocente delle notti estive. L'umidità era tale che molti avevano i funghi sulla pelle. Dalla città di Moka arrivavano in continuazione sacchi di caffè che venivano caricati sulle navi in partenza per il mondo. Il profumo del caffè si mescolava a quello del pesce che marciva al sole.

Ad un certo punto abbiamo visto un uomo che camminava faticosamente tirando una pesante palla di ferro legata a una caviglia con una catenella. Abbiamo chiesto alla guida che significasse. E lui ci ha spiegato che, in mancanza di prigioni, i condannati andavano in giro così, trascinando pesi e vivendo di elemosina.

Ricordo ancora una ragazza magrissima che, pudicamente distesa su un lettuccio di pelli di pecora intrecciata, se ne stava sotto un tetto di foglie a leggere un libricino. Era strano perché la maggioranza della popolazione era analfabeta. Ma la ragazza leggeva con tale concentrazione che non si è neanche accorta di noi che giravamo con appresso un codazzo di bambini vocianti vestiti di stracci.

Mi è rimasta nella memoria quella immagine pacifica e gentile: due mani infantili, magrissime con i segni della fame addosso, che reggevano un libretto dalla copertina sdrucita. Un Corano? Un romanzo?

Solo oggi so che quella immagine rappresentava il mondo orientale come avrebbe potuto essere senza il terrorismo, senza il fanatismo religioso. Un fanatismo che ha strappato dalle mani delle ragazze ogni libro, fosse pure di preghiera, costringendole a indossare un abito lungo, scuro, che le copre dalla testa ai piedi. Quando si chiede alle donne di scomparire con il loro corpo, con la loro voglia di apprendere, si entra in un mondo di soli uomini allenati all'odio religioso e alla vendetta da cui non si saprà più come uscire. Un mondo di odio che porta oggi a uccidere senza discriminazione persone inermi che volevano solo portare aiuto. Forse apposta persone inermi per suscitare indignazione e quindi paura, e successivamente alzare il prezzo del ricatto politico.

16 giugno 2009

Sul lago Turkana con Alberto Moravia

Siamo in Kenya per un documentario televisivo sugli Elmolo, una popolazione arcaica di pescatori e pastori nomadi che vive sulle rive del lago Turkana a tre giorni di viaggio da Nairobi.

Assieme a me e ai tecnici, c'è Alberto Moravia che scriverà il commento al filmato. Come sempre, Alberto si alza presto, si lava, si sbarba e chiede un caffè caldo. Cosa non facile quando viaggiamo in zone selvagge come queste, dove si dorme in tenda e si mangia roba in scatola. Ma lui si accontenta anche di un caffè solubile. Ogni mattina si presenta fresco e sorridente, chiuso dentro una bella camicia rosa confetto o giallo limone o azzurro cielo, pronto ad affrontare il mondo con curiosità e attenzione.

La cosa che in questi giorni lo inquieta sono gli elefanti: «A vederli si prova un sentimento strano, come se ogni elefante si portasse dietro un lembo di eternità. Invece gli elefanti non sono eterni; anzi, stanno rapidamente scomparendo» dice e riconosco oggi nelle sue parole la tenerezza poetica che provava per gli animali, soprattutto quelli che sono in pericolo di estinzione. «Molte specie di animali sono scomparse dalla Terra, attraverso milioni e milioni di anni. Oggi questa distruzione continua, con la differenza che le catastrofi ecologiche preistoriche erano provocate dalla natura, mentre le attuali sono provocate dall'uomo. Certo, si potrebbe sempre affermare che la natura si serve dell'uomo per eliminare le specie più deboli, meno adattabili, ma sarebbe una tesi azzardata. In realtà stiamo distruggendo il mondo in cui ci troviamo a vivere; distruggiamo gli animali perché in qualche modo ci sono utili, cioè li consumiamo; distruggiamo le culture cosiddette primitive con le nostre culture cosiddette avanzate.»

Andare a conoscere popoli che sono rimasti quasi identici a come erano mille anni fa, aiuta a capire il nostro oggi? È questo desiderio che ci spinge in questa impresa azzardata. Muniti di spirito antropologico (ahi, padre mio, come hai impresso la tua impronta sul mio pensiero!) ci troviamo qui, nel centro dell'Africa, a puntare i nostri occhi e le nostre telecamere, su un popolo che sembra ormai recitare una parte, cocciutamente attaccato a una identità già fatta a pezzi. Noi fingiamo di credere che siano autentici e loro ci accontentano, per denaro, fingendo di vivere fino in fondo questa autenticità. Per scoprire poi che, per quanto ripetano con disperata fedeltà i gesti dei più lontani antenati, i loro pensieri sono altrove, abbagliati e affascinati dagli scintillii della tecnologia, da un tenore di vita che appare ai loro occhi un sogno irraggiungibile.

Come guardare a questo mondo reale e contraffatto, ingenuo e furbissimo, conservatore per necessità e rivoltato per istinto? Ma soprattutto come raccontarlo? Come soffermarsi su queste facce arcaiche, senza cadere nella presunzione di chi viene da un mondo che si pretende "avanzato" e assume l'arroganza di capire e giudicare? Pasolini direbbe: «È morto lo sguardo innocente».

Gli Elmolo sono una piccola tribù che da tempo immemorabile abita sulle rive del lago che una volta si chiamava Rodolfo. «Sono centoquaranta in tutto, ma la loro identità sta morendo» commenta Alberto con la bella voce sgranata, il solito atteggiamento cartesiano che vuole razionalizzare e informare, senza pedanteria però e senza compiacimenti, con l'umiltà di un onesto maestro autodidatta: «Soltanto tre di loro parlano ancora in elmolo; gli altri sono già fusi con i Samburu, di cui hanno adottato la lingua. Bisogna dunque considerare gli Elmolo come una cultura in via di sparizione. A cosa si deve questa scomparsa? Alla progressiva eliminazione dei gruppi etnici più deboli, ultimo contraccolpo in Africa dello scontro con la cultura occidentale».

Viaggiamo per ore e ore con una vecchia Land Rover che a tratti si ferma e sembra non voglia più proseguire. Ogni volta è una disperazione perché nel bush non si trovano meccanici. Ma pure riusciamo a ripartire grazie al nostro tecnico del suono, il bellissimo Roberto Faidutti, che ne sa una più del diavolo. Ha sostituito una vite con un pezzo di legno di teck, ha aggiustato una ruota con la gomma di un paio di scarpe, ha rimesso in sesto uno spinterogeno, ha raddrizzato con le tenaglie l'asse motore: per le continue buche e i sassi che schizzano da ogni parte si era storto.

La notte dormiamo in tenda, o in una Missione che ci ospita gentilmente, non ci sono alberghi da queste parti. Solo quando raggiungiamo le rive del lago Turkana troviamo una specie di ostello che ci ospita in stanzette, dal suolo di cemento, disperse fra gli alberi e i cespugli. La savana è fatta soprattutto di cespugli spinosi su cui si arrampicano comicamente le capre magrissime. Gli arbusti dai rami duri e squamosi, dalle piccole foglie puntute, sono disseminati su un terreno arido, calcareo o sabbioso.

Dopo tre giorni di questo paesaggio monotono e giallliccio, improvvisamente siamo raggiunti da un'aria nuova, più fresca e ventosa che si porta dietro uno strano odore di erbe marcite e alghe sulfuree. Ci stiamo avvicinando al lago Turkana. Che appare all'improvviso ai nostri occhi, grandioso e possente, di un colore quasi acrilico, splendente, fra il verde smeraldo e il giallo uovo. In effetti si tratta di un'acqua rara per un lago, un poco salata, scivolosa a toccarla, che giace in un bacino di roccia saponaria.

Vicino al lago si aprono improvvisamente grandi spazi verdi. Si sente la vicinanza della massa liquida. Abitata, a quanto dicono, da migliaia di coccodrilli. Subito veniamo informati che l'anno precedente un gruppo di ragazzi della Peace Corps americana, nonostante gli avvertimenti, ha voluto fare il bagno in queste acque limpide e trasparenti: sono stati attaccati improvvisamente da un branco di coccodrilli giganteschi apparsi da non si sa dove. Evidentemente se ne stavano acquattati fra le rocce. Sono abilissimi nel nascondersi e attendere la preda. Così dicono gli Elmolo.

Molti sono riusciti a salvarsi dall'agguato, ma due sono morti. Di uno hanno trovato il corpo decapitato. Gli Elmolo si sono messi immediatamente a cacciare i coccodrilli dei dintorni, ne hanno uccisi una decina e aprendoli uno ad uno, hanno ritrovato la testa del ragazzo non ancora del tutto digerita. Questo raccontano gli abitanti del lago. I quali in effetti non si immergono mai nelle sue acque infide. Perfino le pecore si tengono alla larga, perché è successo che affacciandosi a bere, siano state assalite e tirate dentro dagli affamati rettili anfibi.

Si racconta anche di un gruppo di scienziati che sono venuti a studiare l'isola che si trova in mezzo al lago ed è disabitata. Erano tre studiosi. Li hanno portati con le barche, appesantiti da un grosso equipaggiamento: tende, fornelli portatili, cibarie e perfino dei fucili per difendersi dai coccodrilli troppo intraprendenti.

Dopo tre mesi, come era convenuto, sono tornati a prenderli, ma non hanno trovato nessuno sull'isola, nemmeno le tende, nemmeno i fucili. Solo tre cappelli e un pentolino di ferro. Gli unici oggetti che i coccodrilli hanno disdegnato. Questo il finale truce del racconto.

Le stanzette dell'ostello sono spartane. Le docce si trovano all'aperto, nascoste da cannicciati e si mangia tutti insieme sotto un tetto di paglia a forma circolare che getta un'ombra benefica sul terreno arso e assolato.

«Un ragazzo elmolo diventa moran, ossia guerriero, quando ha più o meno dieci anni e viene circonciso» riferisce Alberto dopo avere parlato a lungo con gli anziani del villaggio. «La circoncisione avviene in gruppo, da qualche tempo, per sicurezza, all'ospedale della Missione di Maralal. Si finisce di essere moran quando ci si sposa, si fanno dei figli, verso i vent'anni. Se un ragazzo non si fa moran non diventa uomo» continua commentando le immagini del nostro operatore, Bonicelli, che come una faina si intrufola nelle casupole di fango e paglia, insegue i cacciatori di ippopotami, si sofferma sulle donne che cuciono le reti, sempre munito della sua macchina da presa, agile e veloce, nei suoi pantaloncini verdi dalle tasche sformate.

«Naitalayan è una dei tre Elmolo che ancora parlano l'antica lingua bushitica, ormai persa. Ora che hanno proibito la libera caccia al coccodrillo e all'ippopotamo, mi dice, è come se agli Elmolo avessero tagliato le unghie, segato i denti. È nata qui, quando il villaggio era molto povero. Gli Elmolo hanno conosciuto i soldi nel 1965, quando sono arrivati i bianchi, i missionari. All'epoca si circoncidevano solo le donne, mentre gli uomini hanno mutuato questa usanza dai Samburu. Le donne vengono circoncise in casa, dalle anziane esperte.»

L'operatore ha rintracciato una diciottenne che deve essere "tagliata" a giorni. Ma gli anziani non ci faranno assistere alla operazione. Eppure acconsentono a farci filmare la anziana medichessa che, accucciata davanti alla casa della circoncisione, prepara il coltello di cui si serve per tagliare la clitoride e le grandi labbra della prescelta, nonché gli aghi ricurvi con cui ricucirà quello che resta della vagina.

Trovo giusto il pudore con cui rifiutano di fare filmare l'operazione, ma l'idea dello sconcio mi mette addosso un senso di grande tristezza. Possibile che non si possa fare niente per fermarli? La cosa assurda è che la stessa ragazza tiene alla cerimonia, perché senza essere "tagliata" non può sposarsi.

Provo a parlare con qualcuna di loro. Faccio tante domande a cui mi rispondono ridendo, nascondendo la bocca con le mani agili e leggere, buttando indietro la testa. Alcune confessano che l'operazione mette loro paura, ma che si può fare? «non c'è matrimonio senza coltello e non c'è coltello senza matrimonio». Sono consapevoli dei rischi: spesso le donne si infettano, alcune muoiono di setticemie fulminanti. Eppure vi si accomodano con spirito fatalista indicandomi divertite quelle che ancora non sono state "tagliate", che si nascondono vergognose dietro una capanna. Hanno gambe lunghe e magrissime, da uccello, vestono solo di un telo colorato che si avvolgono attorno al corpo. Hanno teste ricciute e colli che si ergono dritti sulle spalle, tipiche di chi è abituato a sorreggere pesi sul capo. Alcune portano collane blu, rosse e violette girate attorno al collo.

Nelle conversazioni gli uomini tendono a equiparare l'iniziazione femminile a quella maschile. In fondo si tratta di un rito di ingresso alla vita sessuale, che male c'è? Fanno fatica a capire l'atrocità di una operazione che impedirà alla ragazza di provare piacere nell'atto sessuale, sarà fonte di malattie e infezioni continue, il sangue del mestruo tenderà a stagnare e a diventare settico fra quei genitali cuciti grossolanamente e quando dovrà partorire, la giovane madre dovrà essere ogni volta tagliata e ricucita.

Qualcuno sostiene che non si possono discutere le tradizioni di un popolo senza fare del moralismo inutile: «Non siamo il centro della terra, ogni popolo ha le sue usanze e per quanto cruente vanno rispettate». Sebastian Schadhauser, il nostro organizzatore, si accalora nel difendere quello che gli sembra il diritto di un popolo perdente e disperato. Il biondo Sebastian, alto quasi due metri, lo sguardo ingenuo e mite, sorprende anche gli indigeni per la sua forza e la sua generosità.

Eppure il relativismo antropologico non mi convince. Mi sembra che la crudeltà e l'abuso vadano chiamati col loro nome, anche quando sono parte di un'antica pratica sancita dalla legge e dalla religione locale. Una pratica che pretende cosa poi, se non il controllo ossessivo, spietato sul corpo femminile? che sia permesso anzi obbligato dalla religione non cambia l'odiosità dell'abuso.

Vado a cercare notizie e scopro che ogni anno in Africa vengono clitoridectomizzate (taglio della clitoride) o infibulate (taglio della clitoride e delle grandi labbra) circa due milioni di donne, bambine e adolescenti. E non si tratta di un uso introdotto dalla religione musulmana perché ha origini molto più antiche. Persino Erodoto fa notare che i Fenici, gli Etiopi e gli Egiziani lo esercitavano largamente. Una pratica aberrante diventa meno aberrante se di massa?

La donna anziana ci mostra fiera il coltello con cui opera il taglio dei genitali femminili. Per lei quel coltello rappresenta la legge, la tradizione, il dovere. «Prima dell'operazione» ci racconta nella sua lingua gutturale, tradotta in inglese da un ragazzino che frequenta la scuola della missione più vicina, «il coltello viene disinfettato, la ferita viene pulita e il sangue fermato con il succo di una pianta che cresce in riva al lago.» Sembra quasi giustificarsi di fronte agli stranieri, sapendo quanto pedantemente essi tengano alle questioni di igiene.

Le chiedo di mostrarmi la pianta medica e lei lo fa, con gesti aggraziati. Il suo corpo rinsecchito, nero come la pece, si sporge verso di me senza imbarazzo. Gli occhi violetti e leggermente velati dalla cataratta si fanno attenti, imperscrutabili, ma non ostili. Il sorriso appena accennato rivela una specie di segreta voglia di stupire e recitare. Non sembra che le ripugni trovarsi al centro dell'attenzione di questi danarosi stranieri che certamente le lasceranno poi una ricompensa per le spiegazioni date. Le sue braccia nere, asciutte dai muscoli in rilievo, si muovono con una antica eleganza quando mi allunga il rametto dai piccoli fiori lilla a grappolo.

«La caccia è proibita, e gli Elmolo, che hanno sempre vissuto di caccia e di pesca, cominciano a chiedersi come sopravvivranno» riascolto la voce sobria e convincente di

Alberto. «Le prospettive sono due: o ricorrere alla Missione, farsi cattolici e accettare la protezione della Chiesa e dell'Occidente, oppure farsi pastori, come le altre tribù più numerose, i Samburu e i Turkana. In ogni caso significa abbandonare le loro abitudini, distruggere la loro identità storica, e non senza dolore. Sopravvivere significa per gli Elmolo morire come popolazione autoctona, dotata di una cultura, di una lingua e di una religione originale» continua Moravia.

Molti hanno già ceduto all'invasione della Chiesa cattolica. I ragazzi soprattutto i più giovani, imparano il catechismo, si fanno battezzare e frequentano la scuola della Missione. La Missione cattolica della Consolata è la sola in una zona di un centinaio di chilometri. Vi insegnano professori keniani di diverse etnie. La scuola è gratuita, ma per iscriversi bisogna vestire l'uniforme, posseduta solo dai meno poveri. Nella scuola ci sono solo due bambini elmolo, e vengono dal villaggio vicino alla Missione; gli altri sono turkana e samburu. Un insegnante elmolo cattolico acconsente a una intervista. È piccolo, quasi un bambino fra i bambini, indossa una camicia bianca pulitissima sebbene rammendata più volte, un paio di calzoncini corti color cachi. È scalzo, come tutti gli Elmolo. In compenso porta gli occhiali, un grande lusso per chi non ha i soldi per rifornirsi di un paio di scarpe. Sono gli occhiali a renderlo distinguibile come maestro. E lui se li aggiusta continuamente sul naso con un gesto austero e noncurante, come se aggiustasse, assieme alle lenti, l'asse dei suoi pensieri e delle sue conoscenze.

Mi dice che ci sono pochi bambini elmolo nella scuola. I genitori non hanno soldi per comprare loro i libri e la divisa. Nel villaggio circolano nudi. «Molti genitori inoltre non vogliono che i loro figli vadano a scuola» aggiunge poi con un tono rammaricato e infelice. Ha una voce acuta che contrasta con la timidezza dello sguardo e la misura dei gesti. E perché? gli chiedo. «Perché imparano cose che contrastano con la nostra religione, perché non rispettano più i vecchi e pretendono di dire la loro su ogni argomento importante» risponde e mi guarda con gli occhi malati nascosti dalle lenti sporche di unto. «I vecchi dicono che la scuola rovina i ragazzi, li rende nemici delle loro case... sognano solo di guidare un grande camion e andare in città.» Ma è vero? gli chiedo. E lui china la testa sorridendo mesto... «Sì, è vero» ribatte e capisco che per il giovane e piccolo maestro questo costituisce un grave cruccio. Chi studia non è poi tanto disposto a ripetere la vita monotona e poverissima dei padri. Vuole altro, vuole le scarpe prima di tutto, sogna la città, le automobili, gli aeroplani, e una vita fatta di luci notturne. Mentre al villaggio le luci provengono solo dal sole di giorno e dal fuoco delle braci di notte.

Poi mi racconta di un ragazzo samburu che una mattina hanno visto arrivare al villaggio reggendo sulla testa una enorme radio a pile che spandeva per l'aria le note di una musica ritmata. Tutti i maschi del villaggio l'hanno seguito ballando felici, e il giorno dopo facevano i conti di quante capre ci sarebbero volute per comprarsi anche loro una radio come quella.

Mi viene in mente il pifferaio di Hamelin. Raccontano i fratelli Grimm che una volta un villaggio fu invaso dai topi. Il re non sapeva come fare per cacciarli, più ne ammazzavano e più ne arrivavano. Il popolo era stremato e preoccupato. All'improvviso vedono arrivare un giovane arzillo che promette di liberare il villaggio dai topi se lo lasciano fare. In compenso chiede un pezzo di terra per costruirci una casa e coltivare un orto. Il re e gli abitanti del villaggio glielo promettono. Il giovane tira fuori un piffero dal tascapane e prende a suonare, con tanto ritmo e tanta armonia, che subito i topi si affrettano a seguirlo. Il pifferaio li porta verso il mare, si inoltra fra le onde e i topi lo seguono finendo tutti affogati. Il pifferaio torna al villaggio e chiede la sua ricompensa. Ma a questo punto sia il re che gli abitanti del villaggio si rifiutano di dargli la terra come promesso. Allora il pifferaio decide di vendicarsi. Tira fuori il piffero magico e prende a suonarlo con la solita straordinaria maestria. Subito i topi nascosti nel sottosuolo escono dalle loro tane e invadono di nuovo la città.

Non stiamo facendo anche noi come il pifferaio di Hamelin con gli africani? Li portiamo verso il mare con l'astuzia della nostra tecnologia con l'idea di farli affogare e così liberare le nostre città da quegli esseri poveri e infelici che ci ostiniamo a considerare come animaleschi e pericolosi. Ma il pifferaio non fa sconti e non smetterà di suonare a nostro piacere. Le orde che abitano il sottosuolo del mondo torneranno a turbare le nostre paure più grette e meschine.

«La religione cattolica fa dei grandi progressi in Africa» racconta Alberto. «In Kenya un terzo degli abitanti è cattolico. Le ragioni di questo successo da una parte vanno ricercate nell'opera di assistenza medica e negli aiuti alimentari forniti dalle Missioni, dall'altra nella flessibilità della Chiesa nei confronti delle tradizioni e dei costumi africani. Basterà ricordare la musica dei tamburi e le danze che accompagnano la messa. D'altra parte i riti cattolici piacciono, probabilmente, agli africani, per il loro aspetto simbolico, per il fasto e la solennità.»

Dalla chiesa al villaggio ci sono sette chilometri, e non esistono mezzi di trasporto. Nessuna delle donne elmolo va in chiesa. Appena puberi, smettono di badare alle capre e dopo essere state "tagliate", si sposano. Ogni anno nuovo sarà dedicato a un figlio novello. Molte moriranno di parto. E il giovane vedovo, dopo appena pochi mesi sarà incoraggiato a sposare un'altra giovane elmolo che avrà appena subìto la mutilazione dei genitali.

Birerion e Neeio sono amiche da quando erano bambine. Neeio ha tredici anni. Fra pochi giorni si sposa; andrà ad abitare col marito in una nuova capanna. Ma non ha paura. Poiché le donne vivono sempre tra donne e gli uomini tra uomini, Birerion e Neeio, nonostante il matrimonio, continueranno a stare vicine.

«Il matrimonio è una faccenda molto seria, come del resto in tutti i Paesi della Terra. Lo sposo deve dare al padre della sposa un certo numero di vacche o capre. Ma non bisogna credere che paghi la moglie; le capre sono, come si dice oggi, uno status symbol, stanno a testimoniare l'importanza della sposa, cioè l'importanza della perpetuazione della specie. Sono quasi una dote alla rovescia. Insomma, lo scopo fondamentale è pur sempre la procreazione, tanto è vero che le capre vengono fornite a rate: tante il giorno del matrimonio, tante al primo figlio, tante al secondo, e così via. Se la moglie è sterile viene rimandata al padre, il quale è tenuto a restituire le bestie.»

Strano come in molte popolazioni africane la separazione fra uomini e donne sia così severamente applicata nella vita quotidiana, anche quando i villaggi sono piccoli e miseri e sembra normale una certa promiscuità. Invece il rituale è drastico: le donne con le donne e gli uomini con gli uomini. I bambini possono andare a scuola, le bambine no, gli uomini possono riposare sotto un tetto di stuoie, le donne no. Gli uomini possono pescare, le donne no. In compenso le ragazze possono, anzi devono andare a prendere l'acqua al pozzo, perché quella del lago è imbevibile, devono badare alle capre, ma non cavare il sangue dalle vacche, come fanno gli uomini quasi tutti i giorni. Il sangue ancora caldo del salasso è considerato una bevanda che rinvigorisce gli spiriti e dà forza alle braccia. Anche nelle feste di matrimonio, gli uomini ballano da una parte impugnando le lance, le donne preparano i cibi chine su un grande fuoco. Gli uomini si dipingono di rosso la fronte e le spalle, le donne portano collane che spesso stringono i loro lunghi colli come delle mani assassine. In genere tutti i lavori pesanti, come il taglio della legna, il trasporto del cibo e dell'acqua, sono affidati alle donne. Le quali spesso parlano perfino una lingua diversa, fatta di parole e frasi adatte per loro e per le loro faccende.

«La circoncisione non corrisponde alla perdita della verginità, che invece è poco importante, tanto è vero che le ragazze hanno diritto di fare l'amore anche prima di sposarsi» spiegherà Alberto all'ignaro spettatore italiano. «È un rito grazie al quale si entra nel mondo degli adulti. In Occidente si tende a sottolineare il fatto che la circoncisione femminile equivale a una forma di repressione sessuale perché abolisce la sensibilità erotica; questo non avviene invece nella circoncisione maschile.»

Continuano le mie conversazioni, a volte comiche, con le donne del villaggio elmolo. Se ne stanno sedute, i piedi nudi all'aria, a rispondere graziosamente alle mie domande, con un'aria lieve di divertita sopportazione. Sanno che i turisti – ma noi non siamo dei veri turisti perché veniamo qui tutti i giorni, perché chiediamo loro tante cose, perché li costringiamo a ripetere i gesti dei rituali tradizionali, perché sanno che abbiamo concordato con il capo villaggio per questa intrusione. I loro occhi ridono di noi, del nostro continuo assillante movimento da formiche laboriose, delle nostre macchine che a loro appaiono inutili e buffe, della nostra curiosità assurda. Al contrario degli uomini e specialmente dei ragazzi che passano ore attorno ai nostri strumenti tecnologici, le ragazze sembrano scevre di curiosità. «La curiosità è pericolosa per la docilità femminile.» Per questo è considerato sconveniente mandare una bambina a scuola. I ragazzi frequentano le lezioni, imparano l'inglese. Le ragazze no. «Non ne vale la pena» mi dice un anziano «sono come le capre, sanno solo mangiare e dare cornate.»

Invece scopro, dopo i primi silenzi, insistendo, che anche loro hanno delle curiosità e alla fine si azzardano a farmi qualche domanda. Quando dico che non ho figli, mi guardano con commiserazione. Cosa fa una donna sulla Terra senza figli? Però sono attratte dal mio cappello di cotone color verde militare e dalle mie scarpe chiuse, con la suola di gomma. Mi chiedono addirittura di prenderne in mano una e se la passano incuriosite, annusandola, tastandola; c'è una ragazza addirittura che ne prova la consistenza coi denti. Le altre ridono agitando le lunghe mani nere con un gesto infantile e scanzonato. Loro vanno scalze e non saprebbero nemmeno cosa farsene di un paio di scarpe. Hanno piedi forti e callosi, adatti a camminare fra le spine, sulla sabbia bollente, nell'acqua piena di sanguisughe degli acquitrini. Spesso le ho viste procedere lente, un passo dietro l'altro, affondando nella rena una canna. Quando incontrano un vuoto, si fermano, si accovacciano e cominciano a scavare. Dopo un poco riescono a tirare fuori dalla sabbia bagnata una manciata di uova di coccodrillo. Sono tonde come palline da ping pong, e sono mollicce. Birerion me ne offre uno allungandolo sul palmo della mano aperta. Lo prendo un poco incerta e lo annuso. Manda uno strano odore di alghe bagnate. La ragazza mi fa vedere come si mangia aprendo il guscio molle con le dita. La imito con gesti maldestri. L'uovo scivola in bocca come qualsiasi altro uovo di gallina. Ma appena ne schiaccio il rosso contro il palato sento un sapore di pesce che mi fa venire voglia di sputare il tutto. Per rispetto verso Birerion lo mando giù di corsa. Ecco fatto. Almeno ci fosse un poco d'acqua per dimenticare quel sapore aspro e puzzolente!

Oggi, giornata di festa, sgozzeranno due capre. Ne slegano una che stava attaccata al palo e lei, come se sapesse a cosa va incontro, se ne scappa correndo verso il lago. I ragazzi le si mettono dietro urlando e spingendosi. Ma la capra corre più di loro e zigzagando sfugge alla presa. Disperata si getta nel lago, pur sapendo che ci sono i coccodrilli in agguato.

Alla fine riusciranno a riprenderla per le corna, le stringeranno un laccio al collo e la porteranno verso il villaggio dove già hanno acceso il fuoco per abbrustolire le sue carni una volta sgozzata e squartata. La bella piccola capra bianca si guarda intorno con occhi terrorizzati chiedendo aiuto. Ma le ragazze ridono e già il coltello le è entrato nel collo e la bestiola manda un ultimo grido senza speranza cacciando fuori una lunghissima lingua azzurra appuntita.

Il giorno dopo ci annunciano una caccia clandestina, all'ippopotamo. Non sapevano se dircelo, rendendoci complici, o se tacerlo e fare tutto da soli. Alla fine hanno deciso per la complicità. Anche con l'idea di guadagnare dei soldi in più. Segno però che hanno cominciato a fidarsi. È una buona cosa. Sarà una caccia clandestina, perché la legge del Paese lo proibisce. E subito ci chiediamo se sia lecito acconsentire a seguirli, di notte, in una zona ristretta del lago dove le rocce costituiscono un recinto naturale contro i coccodrilli. Lì vanno ad abbeverarsi gli ippopotami che sono protetti in quanto specie in estinzione.

La nostra giustificazione è che lo farebbero comunque. Ed è vero. Certo non siamo qui per denunciare questi poveri pescatori che non capiscono le ragioni di una proibizione statale per loro insensata. «Ci limitiamo a filmarli» diciamo cercando di fare tacere i sensi di colpa. Ma c'è qualcosa di profondamente indiscreto e intrusivo nel cinema. Che pretende di capire e spiegare il mondo attraverso la cattura di immagini programmate, allestite e teatralizzate della realtà quotidiana. Me ne rendo conto e ci dormo male la notte, pur sapendo che il giorno dopo andrò con l'operatore, il fonico e gli altri a filmare la cattura dell'ippopotamo. Queste sono le regole egoiste e impure della televisione.

Tutto il giorno l'intero villaggio rimane a digiuno per purificarsi. E noi con loro. Il piccolo popolo elmolo è in subbuglio sotto la sua apparente calma. Le donne lavorano come al solito, corrono da una parte all'altra dei recinti seguite da capre, cagnolini, galline e bambini piccoli. Gli uomini fumano apparentemente intenti a segare e piallare picche appuntite per la pesca. In effetti non usano reti né ami, ma aste di legno che lanciano sulla preda stando in piedi sulla zattera. I loro pensieri però, è evidente, sono concentrati sulla grande caccia della notte.

Al tramonto, ci vengono ad avvertire che si parte. Ci muoviamo in silenzio, armati di macchina da presa, cappelli, giubbotti per il freddo notturno, scarponcini da montagna, acqua potabile in bottiglie di plastica.

Si cammina a lungo, in fila, in silenzio, fra gli arbusti spinosi, le dune basse, gli acquitrini melmosi, costeggiando le spiagge chiare che stanno diventando sempre più bianche con l'avanzare della luce lunare.

Dopo due ore di cammino, il capo ci fa un segno. Ci accucciamo assieme ai cacciatori. Dobbiamo aspettare che la luna venga coperta da una massa di nuvole nere che si stanno addensando all'orizzonte. Ci sdraiamo per terra in un silenzio irreale, rotto solo dal breve ansito delle onde del lago. A differenza del mare, il lago ha un respiro breve e sincopato. Le onde si sovrappongono ad altre onde in un ritmo liquido, di musica da ballo. Ogni tanto si sente il grido di un uccello, ripetuto, insistente. Una voce rauca e maligna. Forse un avvoltoio. Sono buffi gli avvoltoi, li vediamo spesso passeggiare in pieno giorno a gruppi, altissimi e rumorosi, le ali nere su un corpo bianco o giallastro, sembrano burocrati impettiti che si incontrano alla Borsa e discutono di soldi. Hanno il collo nudo e rugoso degli anziani, la testa spelacchiata che si muove lentamente, con una certa albagia. Hanno gli occhi tondi, grandi, fissi come quelli delle galline, il becco protrudente e massiccio. Un becco profondamente innestato nel lungo muso da sembrare il grugno di un cammello imbronciato. Di notte non si vedono, ma si fanno sentire coi loro gridi rauchi. Dovunque ci sia una preda, anche solo annunciata, loro arrivano e sono bravissimi nell'individuare l'ora e il luogo preciso in cui un corpo si trasforma in carogna da predare.

Mi sono quasi addormentata rattrappita sulla sabbia, all'umido, quando sento dei bisbigli. Apro gli occhi. L'orizzonte è nero. La nerezza africana non ha niente a che vedere con le nostri notti che in un modo o nell'altro sono abitate da luci dirette o indirette. Il nero della notte africana è senza rimedio, fa pensare al vuoto cosmico. I buchi neri, ecco, fa pensare alla misteriosa sostanza che gli astronomi dicono fatta di antimateria.

Lì in quel nero assoluto, appena le nuvole si spostano, appare una sola fonte luminosa: il lago. Che ha imprigionato il chiarore del giorno e di notte lo restituisce, fievole e diffuso. Una strana luce da acquario notturno, in cui i verdi e gli azzurri si mescolano con le striature di un nero che sembra appena soffiato lì per lì da una seppia arrabbiata.

Riprendiamo il cammino. Due fra gli uomini tengono in mano delle fiaccole, ma senza fiammelle: in realtà sono braci accese legate in cima a due pertiche.

Infine eccoci al luogo stabilito. Tutti sdraiati per terra, nel silenzio più assoluto. Gli ippopotami sono in acqua, si possono sentire gli sciacquii delle grosse zampe e il soffiare delle narici.

Si aspetta ancora un'ora, intirizziti dal freddo. L'alba ormai è vicina anche se il cielo è nero. Finalmente un giovane seminudo si alza e avanza a passi cauti verso il lago tenendo stretta la sua lancia. Alla vita porta appeso un falcetto. Con quello reciderà di netto i garretti del giovane animale, il solo che sia rimasto indietro. È un giovanissimo ippopotamo, certamente più facile da catturare di un adulto. Manda dei gridi di richiamo che rimangono inascoltati. La mandria si è già spostata verso nord. Sentiamo lo scalpiccio delle zampe sulla fanghiglia. Non si sono accorti del fratello rimasto indietro e corrono tutti insieme rumorosamente perché hanno captato il pericolo.

Al segnale – uno schiocco forte della lingua – del giovane temerario che è andato da solo a tagliare i garretti del bestione calandosi sott'acqua, si alzano altri ragazzi e si precipitano verso la preda. In poco tempo l'acqua si fa rossa di sangue. L'ippopotamo non ha avuto il tempo di difendersi.

Ora giace sulla spiaggia gonfio e intero. Ha gli occhi chiusi e non sembra avere sofferto. L'hanno pugnalato e portato a riva in pochi minuti.

La bestia non sarà condotta al villaggio perché troppo pesante e chiunque potrebbe vederli trasportare un animale la cui caccia è proibita. Perciò comincia, alle prime luci dell'alba, il lavoro certosino di dissezione e spartizione del corpo. C'è chi gli toglie la pelle e la taglia a striscette che lega insieme con un budello, chi raccoglie le zampe, chi recide la testa mettendo da una parte le orecchie, il muso e dall'altra il cervello. C'è chi raccoglie le ossa e le nasconde in un sacco. Chi mette da parte il cuore, il fegato, gli intestini, e chi invece divide a fette le cosce, le spalle che sono la parte più grassa e appetibile.

Prima che il sole sia alto hanno rinchiuso il bottino in tanti rotoli di rafia che hanno stretto con corde e caricato sulle spalle. Non ci sono né asini né cavalli da queste parti, solo qualche mucca, le cui carni però non vengono toccate perché del loro latte e del loro sangue si nutrono intere famiglie.

Torniamo anche noi, stanchi, assonnati, contenti di avere filmato un rituale d'altri tempi di cui gli Elmolo vanno fieri. Al villaggio troviamo le donne già pronte a festeggiare l'eroe, colui che ha affrontato da solo e per primo l'ippopotamo. A lui toccheranno le parti migliori dell'animale. Il resto verrà diviso con spirito equo fra le famiglie dei cacciatori che hanno partecipato alla cattura del pericoloso bestione.

Filmiamo il prode che se ne sta seduto davanti alla sua capanna, con la faccia tutta dipinta di bianco e una pipa in bocca. Gli adulti del villaggio vanno a rendergli omaggio. In segno di vittoria, il cranio scarnificato dell'ippopotamo viene appeso alla porta d'ingresso della capanna. Più tardi si preparerà un grande banchetto. Gli uomini seduti attorno al fuoco mangeranno le carni arrostite, lanciando ogni tanto un pezzo di frattaglia alle donne che se ne stanno sedute in un cerchio più ampio, lontano dal fuoco, pronte a correre per prendere l'acqua, il vino di palma.

Se vogliamo andare a visitare l'isola in mezzo al lago, lo possiamo fare, ci dicono entusiasti di suggerire un'altra impresa e un altro conto da pagare. Ma con quale mezzo possiamo affrontare le onde e i coccodrilli se non si vedono imbarcazioni in giro, salvo qualche piccola zattera di pali legati con le corde? Ci fanno sapere che la sola barca a motore esistente sul lago appartiene al prete che dirige la Missione. Lui ce la può affittare per un prezzo modico e ci può anche fornire, a un costo un poco più alto, l'accompagnatore che è l'autista del suo camion e della sua barca.

Andiamo a trovare il missionario che ci riceve con cordialità. Il suo magazzino è colmo di sacchi di riso e di grano. La gente del luogo va da lui quando vuole comprare della farina o dello zucchero o del tè. In un capannone troviamo la vecchia barca a motore dalla vernice scrostata, la prua larga e una coda stretta a forma di torretta in cui si erge un vecchio motore a scoppio che va a benzina. Il prete vende anche il carburante. In un angolo del capannone ne vediamo delle taniche ammucchiate.

Il giorno dopo all'alba la scialuppa viene trascinata su dei rulli verso il lago e messa in acqua. La giornata è chiara, luminosa. C'è appena un poco di vento che tira da nord. Ci imbarchiamo fiduciosi e partiamo sobbalzando al ritmo del motore che sembra preso da una tosse convulsa. L'acqua è limpida, e ha quel colore all'anilina che ho notato appena arrivata. Sembra tinta con vernici chimiche. È la saponaria, ci dicono, che ha questi effetti brillanti. Ci vuole quasi un'ora per raggiungere l'isola. Il sole picchia. Per fortuna abbiamo tutti il cappello in testa.

Approdiamo in una insenatura sabbiosa stretta fra due ali di rocce coperte da una vegetazione serpentina. Il conducente ci mostra il luogo dove i tre scienziati sono scomparsi, ci indica il pentolino che scintilla capovolto in mezzo alle rocce: il solo oggetto che si sia salvato di tutto l'equipaggiamento, compreso i fucili. Così racconta Mohamed dagli occhi mesti portandoci in giro per l'isola desolata. Eppure la giornata luminosa e i tanti fiori gialli e azzurri che spuntano in mezzo alle rocce non fanno pensare alla morte. Sembra un paesaggio ridente e tranquillo.

L'uomo cammina a grandi falcate davanti a noi. Poi prende ad arrampicarsi sulle rocce chiare. E noi dietro. «Ecco, guardate» dice affacciandosi su uno sperone e puntando l'acqua saponosa sotto di noi. Lì, fra i rami morti e gli spuntoni di strane agavi azzurrine, vediamo un centinaio di piccoli coccodrilli che si agitano a pelo d'acqua, mentre due o tre madri dal corpo lucido girano intorno tenendoli d'occhio. L'uomo scende con gesti acrobatici verso la sponda, allunga una mano e afferra temerario una bestiolina appena nata che si agita fra le sue dita e manda degli strilli rabbiosi. Subito vediamo agitarsi le acque e le madri coccodrillo prendono ad arrampicarsi sugli scogli. Alberto fa segno a Mohamed di rigettare in acqua la bestiola. Ma Mohamed ride e si diverte e solleticare il piccolissimo coccodrillo. Per fortuna siamo in alto sullo sperone e non sembra che le madri coccodrillo abbiano voglia di raggiungerci fin là sopra. «Eppure l'hanno fatto con i tre scienziati» fa notare Alberto. «E si sono mangiati tutto, anche i fucili» aggiunge divertito.

Quando rimontiamo in barca il tempo è cambiato. Il vento ha cominciato a soffiare forte e le acque si increspano battendo contro i fianchi del legno. L'ora che impiega la barca a rientrare diventa un'agonia. Il motore soffia, si impunta e si ferma ogni due minuti. Mohamed però non sembra preoccupato. Probabilmente ha sempre fatto così. Con pazienza si alza, tira la cordicella d'avviamento anche dieci, venti volte, finché il motore riparte, sputando e tossendo e noi riprendiamo la corsa barcollando, mentre spruzzi di acqua saponata ci schiaffeggiano le braccia e la faccia. Siamo muti e fermi, attaccati ai bordi. È come se sentissimo lo sguardo famelico delle migliaia di coccodrilli che aspettano il momento giusto per l'arrembaggio.

Finalmente approdiamo sulla terra ferma. Paghiamo il conto. Ci buttiamo affamati a mangiare della pappa di banane condite col sugo di carne. Fa pensare a quei piatti napoletani di quando Napoli era una città miserabile e il grande sogno comune era una scodella di spaghetti, gli spaghetti di Pulcinella. Un altro piatto famoso era chiamato zuppa col pesce a mare, perché dentro quell'acqua c'era di tutto, dalle cipolle alle erbe selvatiche, ma non c'era il pesce che costava troppo.

Così mangiano in genere gli africani, piatti col sapore di carne ma senza carne. Lo gnam che è un tubero legnoso viene battuto per ore e ore da due o tre donne che cantano a perdifiato. Poi, ridotto a poltiglia, viene cotto a lungo sul fuoco e infine condito con un sugo appunto che della carne ha il sapore ma non la consistenza.

Una mattina, mentre filmiamo i gesti quotidiani del piccolo villaggio, sentiamo un rombo insolito. Sollevando gli occhi vediamo avanzare, in mezzo a nuvole di polvere rossa, quattro o cinque jeep zeppe di turisti urlanti. I quali si buttano a correre giù per la discesa verso il villaggio, muniti di macchine fotografiche, cineprese, ridendo e spingendosi.

Dobbiamo smettere di lavorare e ritirarci da una parte. Assistere all'invasione rumorosa e volgare di una masnada di turisti senza scrupoli che fotografano con insistenza i seni nudi delle donne, riprendono i bambini dalla pancia gonfia, si fanno ritrarre abbracciati a qualche ragazza compiacente e poi se ne vanno lasciando sul suolo lattine di Coca-Cola, carta oleata, astucci vuoti di sigarette, fazzolettini di carta, è sinceramente al di sopra delle nostre forze.

In un'ora sono arrivati e sono ripartiti. E noi potremmo riprendere a lavorare, ma siamo talmente sconcertati che non ci riusciamo. Intanto vediamo gli anziani che contano le banconote guadagnate. Ma come saranno spesi tutti quei soldi? E poi ci ricordiamo della Missione dove sono accumulati sacchi di grano, di zucchero, di riso, di alcol, di tabacco.

Queste sono le contraddizioni del girare in Africa oggi. Tutto è vero e tutto è falso. Tutto è puro e tutto è corrotto. Tutto è intelligente e tutto è stupido. Anche noi che cerchiamo di racimolare le tracce di un mondo che è già morto e sepolto sebbene continui a vivere in forma di reperto arcaico chiuso in una teca da museo.

Inedito

Caro Giappone

Caro Giappone, con i tuoi odori di peschi in fiore, di dolci di soia, di pesce fritto e di sakè caldo che mi si sono stampati nella memoria olfattiva. Mi sei stato madre e padre, e hai lasciato tracce incancellabili sul mio destino. Ho ancora negli occhi le bombe che si disegnavano sul cielo terso, in una mattina nitida, nel campo di concentramento per antifascisti. Erano così lucide e splendenti quelle bombe contro il tuo cielo. Eppure venivano a portare morte e distruzione. Quella morte e quella distruzione che hanno preceduto l'accettazione umile di una sconfitta celeste. Ho ancora nelle mani il ricordo delle foglie di gelso che allineavo sui vassoi di legno, per nutrire i bachi da seta, quando riuscivo a sgattaiolare fra i fili spinati del campo, per andare a lavorare dai contadini, ricevendo in cambio una patata, un uovo, un bicchiere di latte.

Un giorno il marito della nostra tata è tornato da Hiroshima coperto di piaghe. Ma vivo, vivo e salvo. Se ne stava seduto su una stuoia, in caserma a bere il suo tè, quando aveva sentito un rimbombo sordo e poi aveva visto una gran luce e un forte vento lo aveva risucchiato. Solo dopo qualche minuto si era risvegliato in mezzo a un acquitrino, a due miglia di distanza dalla caserma. Tutti i suoi compagni erano morti. L'aveva salvato quel volo inconsapevole e quell'approdo nell'acqua che l'aveva protetto dal fuoco. Alla notizia della bomba, una folla immensa si era riversata in strada, per aiutare i feriti. Senza sapere che la pioggia nera, inquinata dal plutonio, li avrebbe condannati a morte. La generosità è un tuo carattere, caro Giappone. Una generosità regolata, pacifica e gentile. Che si esplica nelle strade, dentro le case, gli uffici, le fabbriche, i campi. Ciascuno è sempre consapevole dell'esistenza dell'altro. Cosa lontanissima dalle nostre maleducazioni occidentali. Il tuo popolo non era per la guerra, posso testimoniarlo con sicurezza. La subiva obbedendo, la subiva con coraggio, pronto a rimboccarsi le maniche per aiutare chi non ce la faceva.

Questo, caro Giappone, mi stupisce sempre e mi conquista: lo spirito collettivo che domina su quello personale, privato. E ciò rende i giapponesi sempre sorprendentemente diligenti, tesi verso l'altro: il vicino di casa, di banco, di treno è degno di attenzione, di rispetto. Non che manchino i violenti e i prepotenti, come dappertutto, ma l'educazione di fondo porta la maggioranza dei tuoi abitanti alla estrema consapevolezza dei valori comunitari. Forse è la cosa che maggiormente amo di te.

Caro Giappone che così tenacemente cerchi di tenere unite le tradizioni a cui sei legato visceralmente e le novità a cui aspiri come a un dovere politico, di emancipazione. A volte questo sforzo diventa perfino grottesco nella sua candida contraddittorietà. Ma pure si sente che è una dialettica seria e concreta, che va nel profondo. Ed è questo che ti salva dalla volgarità. Un Paese tragico non è mai volgare. E tu sei tragico nell'impegno che metti a essere virtuoso, nel sacrificio che chiedi a ciascun cittadino, come fosse parte di un esercito spirituale che non tradirà mai le gerarchie. Il tuo impegno nel primeggiare in tutte le tecnologie ti rende potente e fragile nello stesso tempo, di una fragilità poetica e segreta. Non ti curi che le donne siano le più sacrificate in questo impegno. Ma le conquisti, nonostante l'ingiustizia, per quello spirito eroico che riesci ancora a imprimere nella dignità che insegni ai tuoi figli, tutti, nessuno escluso.

16 aprile 2005

Il "battesimo" ainu di mia sorella Yuki

"Questo vecchio Ainu ci fece l'onore di battezzare Luisa Yuki secondo il rito Ainu" scrive mia madre che partecipava con qualche perplessità alle grandi manovre di educazione multietnica di suo marito nei riguardi delle figlie piccole.

"Yuki così piccola, bianca, pulita, tenera fra quelle braccia pelose e luride... però che simpatico bravo uomo! E tutti gli altri vollero tenerla in braccio e farle a turno il loro "saluto nell'entrata nella vita."

Gli Ainu, che sono stati l'oggetto di studio di mio padre per anni in quel di Sapporo, diversi morfologicamente dai giapponesi perché alti e bianchi di pelle, coi capelli ondulati, pare fossero scesi dal nord in tempi lontanissimi e fossero sopravvissuti in quelle zone ghiacciate cacciando l'orso. Dopo avere trascorso mille anni di difficile convivenza coi nipponici, ora si sono ridotti a poche centinaia di vecchi che non parlano più la propria lingua e si avviano felici e contenti come lo sono le persone in vetrina, sotto il lampo dei fotografi e l'attenzione degli antropologi, verso l'estinzione.

Mio padre era arrivato in tempo, negli anni Quaranta, a conoscere alcuni dei vecchi cacciatori, li aveva fotografati nelle loro capanne, durante i rituali della caccia all'orso, con indosso i loro vestiti dai disegni geometrici bianchi e neri, le facce dipinte di pece e di carminio. Da allora la situazione si è deteriorata al punto che ormai sono diventati delle "citazioni" storiche.

Solo in Africa una volta, con Pasolini e Moravia, ho provato una sensazione simile di fronte ad alcuni Pigmei nudi che sembravano dare uno straziato addio alle loro tradizioni, alla loro terra. Erano creature della foresta, e le foreste stavano, anzi stanno regredendo e i piccoli Pigmei dagli intelligentissimi occhi scintillanti non dispongono più di vaste estensioni per cacciare e anche gli animali sono scomparsi, essendo stati o uccisi o allontanati dall'arrivo delle nuove piantagioni, delle nuove strade, delle nuove coltivazioni intensive. Così ora i Pigmei vengono resi schiavi dai popoli vicini, o finiscono a fare i buffoni per i turisti e gli accattoni.

I visitatori li filmavano, le luci delle telecamere li facevano sudare ma loro sorridevano affabili, anche un poco narcisi, perché da quelle esibizioni, diventate una importante fonte di guadagno, ricavavano parecchi soldi.

Il loro striminzito perizoma, il loro patetico ciuffo di foglie è ormai solo un accessorio teatrale. Hanno perso tutto: la lingua, il sapere antico, la scienza di costruire case, di cacciare, di parlare con gli animali. E si sono ridotti alla questua felice di chi appunto sta in vetrina e cerca di ricavarne il ricavabile, col degrado morale nel cuore.

4 dicembre 2001

Auschwitz: la memoria è un atto morale

Due rotaie nere, lucide, ormai morte, conducono verso un lugubre edificio abbandonato. Parole come "tradotta", "deportazione", "treni blindati" tornano velocemente alla memoria mentre gli occhi si posano sui prati coperti di fiori, sulle betulle scintillanti che parlano invece di pacificazione e oblio. Eppure basta socchiudere gli occhi per scorgere i fantasmi del doloroso passato aggirarsi furtivi tra una baracca e l'altra, con i loro pigiami a righe, i loro zoccoli privi di suono, in cerca di una memoria ormai trasformata in museo. Questa è la Auschwitz di oggi: una cittadella stanca di tante tragedie, che cerca disperatamente di recuperare la sua "innocenza storica". Attorno al campo sono cresciuti vigne e frutteti. Le case degli agricoltori polacchi, sgombrate durante la guerra, sono ora nuovamente abitate e sembrano assorbite in una vita che dà le spalle al campo. Ma i visitatori continuano ad arrivare, da tutte le parti del mondo. Chiedo chi siano. E il funzionario del campo, Henryk Świebodzki, mi risponde che paradossalmente, dopo i polacchi, sono in maggioranza tedeschi. «Per i polacchi è una memoria molto sentita: in pochi mesi, nel 1942, i nazisti sterminarono tutta la classe politica del nostro Paese, fra cui centottanta artisti di Cracovia fucilati contro questo muro. Poi, dopo, sono venuti gli ebrei.»

Il muro è stato ricostruito com'era, mattone su mattone, e porta le tracce delle fucilazioni. Avvicinandosi, sembra di udire le voci gutturali delle SS che ordinavano le esecuzioni. Oggi molti si trincerano dietro un generico: Obbedivamo agli ordini, non potevamo non farlo. Tanti sono inclini all'indulgenza. Ma a leggere le testimonianze dell'epoca si scopre che molti ufficiali rifiutarono di sparare e non furono puniti. Dice un maresciallo, capo del battaglione di polizia n. 322: "A volte dei camerati si sono rifiutati di prendere parte alle fucilazioni; l'ho fatto anch'io, e non è successo niente. Ci hanno dato altri incarichi. Non ci sono state minacce di punizioni né tanto meno fucilazioni".

Mi chiedo se la memoria non sia prima di tutto immaginazione. Senza la capacità di recuperare le immagini che giacciono nel fondo dei nostri occhi interiori, e di rimetterle in scena davanti a noi, non si riesce a ricomporre il passato. Cosa possono dire questi fili spinati, ormai coperti di ruggine, a chi non abbia letto qualche testimonianza dei campi? di quei prigionieri che, non reggendo alla sistematica distruzione della persona, si buttavano contro i fili da 6000 Watt? E cosa possono dire questi capelli, ammucchiati in matasse dal colore uniforme, grigio topo, per chi non sappia con quale determinazione venissero depredati i corpi degli ebrei, sia vivi che morti? e le scarpe ammucchiate a migliaia, così come venivano gettate nella fretta della spoliazione: sandaletti di bambini, babbucce da casalinghe, tacchi alti, scarpette da passeggio, mocassini, polacchine, zatteroni, galosce, gambali... e gli occhiali accatastati, e le protesi coperte di polvere: gambe di legno, giunture di ferro, lacci, cinture elastiche, piedi e mani di ceramica, di gesso, di sughero...

Ma la cosa più commovente sono le valigie, piccole, grandi, di cartone, di pelle, con i nomi scritti sopra: Klara Fochmann, Vienna, 1942, Peter Eisler, Berlino, 1943, Maria Kafka, Praga, 1943, Hanna Furs, Amsterdam, 1942 e così via. Le possiamo immaginare quelle valigie, appese alle mani di uomini e di donne che si avviavano, inconsapevoli, verso il loro ultimo viaggio. Le edizioni di Auschwitz hanno pubblicato recentemente un libro che raccoglie alcune testimonianze di sopravvissuti su particolari della vita nel campo. C'è un racconto molto intenso che descrive l'attaccamento al pane, tipico della vita dei deportati. Una donna ebrea ha scoperto che la sua vicina di letto (un eufemismo dire vicina di letto, perché dormivano schiacciate come sardine in sei su uno spazio di due metri per due) sta diventando sempre più abulica e tremante: segno che non ce la farà a sopravvivere alle violenze e alla fame. La donna, anche lei stremata ma ancora vogliosa di vita, la tiene d'occhio soprattutto perché ha visto che nasconde dei pezzetti di pane. In capo a qualche giorno la vicina muore e l'altra fa per strapparle il pane, ma le dita della donna sono così strette attorno a quei pezzulli di pane che per portarglieli via dovrebbe spezzarle le ossa.

Così i nazisti umiliavano i loro prigionieri, rendendoli nemici fra di loro, disperati e soli. Eppure, nonostante questa sistematica distruzione della personalità, Auschwitz ricorda molti casi di commovente e testarda resistenza, di straordinaria solidarietà fra persone anche di Paesi diversi, di età diverse, perfino di religione e di fede politica diverse. Una delle tecniche più usate dai nazisti, e anche più di successo, era quella di attribuire a chi si voleva perseguitare una volontà di persecuzione da cui sarebbe stato innaturale non difendersi. E tanto più vera suonava l'accusa, quanto più era sincera e profonda l'intenzione di mettere in pratica ciò che si attribuiva all'altro. Come conoscevano bene le forze segrete che avrebbero scatenato l'indignazione pubblica Hitler e i suoi propagandisti. Per esempio, continuando a ripetere che gli ebrei erano avidi di denaro e che stavano tramando per rubare oro, lavoro e case ai tedeschi di pura razza ariana. In realtà erano proprio loro, i "puri", a tramare per portare via agli ebrei case, lavoro, proprietà, gioielli, perfino l'oro dei denti che avevano in bocca, una volta morti.

Hitler e i suoi torturatori accusavano i comunisti di essere assetati di potere, di essere disposti a tutto pur di ottenerlo, a costo di uccidere donne e bambini. In realtà erano loro che, in segreto, stavano organizzando le prime camere a gas in cui i bambini sarebbero stati gettati a migliaia. Hitler e i suoi seviziatori accusavano gli omosessuali di essere preda della lussuria, di tradire i sani principii della famiglia cristiana, mentre in gran fretta allestivano bordelli di campo dove le ragazze ebree, le comuniste, le dissidenti di ogni fede venivano offerte al godimento brutale dei loro soldati, per essere poi gettate nelle camere a gas assieme agli altri, appena risultavano un poco "sciupate", o malate, o semplicemente non del tutto consenzienti. Per non parlare dei rapporti omosessuali che proliferavano fra le SS come testimoniato da lettere, confessioni, diari e fotografie. Hitler e i suoi criminali accusavano gli ebrei di avere organizzato una "cospirazione giudaica mondiale" per assoggettare al proprio controllo i popoli più deboli. Giusto nel momento in cui essi si apprestavano a mutilare, soggiogare, violentare i popoli vicini, incominciando dalla Cecoslovacchia per proseguire con l'Austria, la Polonia, la Francia e così via.

È bene ricordare che nel 1945 c'erano in Germania venti milioni di lavoratori coatti, deportati da tutta l'Europa, che producevano armi e munizioni per l'esercito nazista. E questi dati non provengono dagli Alleati, ma dagli stessi tedeschi. Proprio il campo di Auschwitz testimonia la lacerazione che vivevano i nazisti: da una parte il bisogno di catalogare, schedare, immagazzinare notizie, come era nella loro metodologia; dall'altra la necessità di cancellare ciò che avrebbe testimoniato le loro nefandezze. Spesso infatti erano assolutamente consapevoli di agire come assassini e grassatori e tentavano di nascondere i loro delitti uccidendone i testimoni. Ma nonostante gli eccidi e i roghi, sono rimasti tanti di quei documenti da scoraggiare qualsiasi tentazione di negazionismo. Per non parlare delle fotografie, dei filmati, delle testimonianze dei sopravvissuti. «Su 40.000 italiani deportati, di cui 32.000 politici, e 9369 ebrei, se ne sono salvati solo 3000. Meno del 10%» mi dice Świebodzki, questo gentile guardiano dei morti che ha conservato la capacità di indignarsi nonostante i tanti anni passati qui al campo-museo.

Lungo i corridoi ci troviamo a faccia a faccia con i ritratti dei primi arrivati quando ancora si facevano le fotografie tessera con il nome, l'età e il luogo di provenienza. Poi, con l'aumento vertiginoso degli internati, i nazisti non trovarono più il tempo per le foto. Si limitavano a scrivere un nome (gli elenchi quasi completi li abbiamo grazie alla resistenza del campo, che ha seppellito delle copie perché noi le trovassimo) e a incidere un numero sul braccio dei deportati. Sono facce che in silenzio gridano: facce di ragazzine strappate ai loro studi, di uomini adulti dagli occhi persi, di madri improvvisamente rimaste senza figli, di giovani uomini combattivi dalla testa rapata e lo sguardo cattivo, di bambini e bambine che intuivano l'orrore ma cercavano di sorridere, nonostante tutto, per ingraziarsi i grandi, il futuro, il cielo. Di fronte a queste facce, non posso non pensare, come Christa Wolf, che la memoria "è un atto morale", un dovere storico. E che questi campi dovrebbero essere visitati da tutti, generazione dopo generazione, per ribadire, anche attraverso l'esercizio dei sensi, che non ci si può permettere il lusso di dimenticare.

30 luglio 1998

Indice

NUOVE SEDUZIONI SPIRITUALI

CARA, VECCHIA ITALIA

MEMORIA E MEMORIE

Finito di stampare
nel mese di ottobre 2010 presso
Grafica Veneta - via Malcanton, 11 - Trebaseleghe PD

Printed in Italy